献给美亚的珍珠

〔日〕梶尾真治 著

徐奕 译

人民文学出版社
PEOPLE'S LITERATURE PUBLISHING HOUSE

著作权合同登记号　图字 01-2023-4070

MIA HE OKURU SHINJU(美亜へ贈る真珠)
Copyright © 2003 Shinji Kajio
This book is published by arrangement with Hayakawa Publishing Corporation.
Simplified Chinese edition copyright © Shanghai 99 Readers' Culture Co., Ltd., 2024
All rights reserved.

图书在版编目(CIP)数据

献给美亚的珍珠/(日)梶尾真治著;徐奕译.—
北京:人民文学出版社,2024
ISBN 978-7-02-018512-2

Ⅰ.①献… Ⅱ.①梶… ②徐… Ⅲ.①幻想小说-小
说集-日本-现代 Ⅳ.①I313.45

中国国家版本馆 CIP 数据核字(2024)第 027254 号

责任编辑　胡司棋　张玉贞
封面设计　钱　珺

出版发行　人民文学出版社
社　　址　北京市朝内大街 166 号
邮政编码　100705

印　　刷　山东新华印务有限公司
经　　销　全国新华书店等

字　　数　101 千字
开　　本　787 毫米×1092 毫米　1/32
印　　张　6.25
版　　次　2024 年 4 月北京第 1 版
印　　次　2024 年 4 月第 1 次印刷

书　　号　978-7-02-018512-2
定　　价　48.00 元

如有印装质量问题,请与本社图书销售中心调换。电话:010-65233595

目次

献给美亚的珍珠

"航时机"已启动一周了，人们的新鲜感还在，参观的人依旧络绎不绝。

一天黄昏，我注意到有个二十岁上下的女孩在发呆，便停止了巡视。女孩是闭馆前几分钟，独自来到人群散去的航时机前面的。她直愣愣地望着航时机，秀美的脸庞显出难以抑制的激动。不，她在看航时机中的青年。她扫了一眼标识牌上的"航时机计划说明"，很快又把视线转向航时机里的人。她来回打量着标识牌和青年，竭力掩饰着不安与懊恼。

我并不善于捕捉别人的情绪，只是一种直觉而已。

她抿着嘴，两只手按了按眉头，就难过地跑了出去。

这就是我们俩初次见面的情景。

我那时正在负责"航时机计划"的勤杂和管理，是从科学技术省的内勤调来的，被同事背地里嘲笑为流放，我倒不在意。原本我就无意步步高升，现在更无须理会人际关系这类的琐事。我受过良好的教育，却不愿借此出人头地，不承想目前的工作反而正合我意。

.

跑题了。

让我言归正传吧。

简单点说，"航时机计划"就是一个活体时光胶囊。让乘坐航时机的人头脑里装满现代信息，再送去未来。它们多是些文字和音频无法传递的主观感受。对，我借用一下"叙述者"这个名称，大概就更便于各位理解了吧？总之就是给时光胶囊配备一个活体字典，所以在乘客的选择上格外谨慎。

尽管有人觉得通过"休眠人体"实施"未来传送"有悖人伦，然而当下正值"时间轴压缩理论"开始具体化，即时间流动可被压缩到八万五千分之一，人们便以实践为大义，下决心启动"航时机"。

航时机直接驶向未来，不，它只驶向未来。只是机内时间的流速为机外的八万五千分之一，因此乘客的新陈代谢也只有平时的八万五千分之一。也就是说，机外的一天，只相当于机内的一秒。

正如计划倡导人所说，航时机还只是一种"原始的时光机"。

航时机设置在屋子右边，乍看就像一只透明的雌性独角仙。这只身高五米的机器虫，眼球部分伸出两根天线，如同昆虫的触角，五条粗短黝黑的脚支撑在大理石地面上。它上部的后面半边有几百根粗细不一、种类不同的管道和电线，都收在墙壁里面，跟背面管控的表盘连在一起。

男青年正从航时机上部隔着透明塑料板往下看，他就是被选来准备送往未来的使者。年龄大约二十岁多一点，浓眉薄唇，双眼纯净，给人留下深刻的印象，很叫我这个长着厚嘴唇的人感到自卑。

他身下的沙发是专门量身定制的，大概也有美观的考虑，豪华得让人不由得联想起"宝座"来。加之他一动不动，仿佛一尊"活体雕塑"，再搭配投射在大理石地板上的阴影，自有一股威严的气势。

我并未特意留心过这个青年，即使不是他，也会选中别人。他对我来说就是众多应征者中的一个。然而，有了刚才的一幕，便叫我对他产生了一丝好奇。

——这个青年到底跟刚才的女孩有什么关系？

男青年和我一样，学的是电子工程，今年二十四岁，在C大学读研究生。他喜欢音乐，而且还是古典音乐，他常哼唱约翰·塞巴斯蒂安·巴赫的D小调赋格，自去年父亲去世后，他就成了孤儿。这些标识牌上都有写，仿佛身世调查一样，一条条列出来，枯燥乏味，毫无用处。

只是刚才那个跑掉的女孩叫我印象深刻。

反正我眨了好几下眼睛，始终无法相信，竟然是她。

自航时机启动以来，已经过了五年。我又见到了她。我没有看错。她正伤心地望着那架航时机。随着时间的流逝，"航时机计划"早已失去了新闻价值，只是每年年初媒体来做个例行报道，唤起人们片刻的记忆，感叹一句"啊，那个计划还在执行啊"。一旦其他火辣的表演开始，人们肯定就把它忘到九霄云外去了。对大众来说，它只是提醒大家时光流逝的某件陈年往事罢了。

当然，科学技术省对"航时机计划"的态度也越来越冷淡，他们削减了人事开销，除我之外不再加派现场管理人员。

最近，来参观航时机馆的都是些在附近顺路过来的情侣和带孩子的父母，一天里未必会有一个人来参观，而我也没再想起过她。

今天早上一个参观者也没有，我躲在航时机边上的小屋里读晨报，说是读，其实也就翻翻而已。这段空白的时间在一天中最为无聊，于我却是享受。

当我听见脚步声，抬起头时，她已经站在了航时机的前面了。

阳光不温不火，从露台那里照进来，把几乎已被我遗忘的她整个罩住。她穿着漂亮的蓝色连衣裙，脚上是一双厚底圆头的皮鞋。

见到她的一刹那，五年前的光景全都清楚地回到了我的眼前。也许是因为她脸上那纹丝不动的"静"吧，妆容整齐得让她看上去就像一个只有痛苦和伤心表情的面具。我透过报纸的缝隙看到她苗条的身形和修长的双腿，顿觉眼前一亮。

我有些迟疑——跟她搭话吗？说："你之前来过吧。"

我踌躇了半晌。

终究没有开口。我一边偷眼打量久久伫立的她，一边用颤抖的手翻着报纸。没错，兴许我当时对她有过某种向往，而我那之后才领悟到。

第二天她再次来访。

她穿着跟昨天同样的衣服，以同样的姿势、同样的表情，站在与昨天相同的位置。我有些迫不及待。我竭力让自己装得平静，想很不经意地走到她身边，漫不经心地跟她搭讪。而事实上，我紧张得耸起了肩，结结巴巴地说："早……早上好。"我本想说完就松口气的，却硬是忍住了。

她略显诧异，仍跟我打了招呼。我还想说点什么，希望能创造机会让她开口说话，便继续道："啊，我们之前好像见过。不，你当然不记得。从'航时机计划'刚启动的时候，还有昨天，你都来过，看了他一天，不对，是看航时机吧。您对航时机感兴趣？哦，我不是说不好，不是那个意思。世界上有各种人，他们有的喜欢古代的弁庆①，也有的喜欢D51机车，有人对大众车情有独钟，一看就是一天，什么样的人都有。"

我感觉自己说得狗屁不通支离破碎，而她却面露微笑，完全不似我之前常受到的嘲弄。

"你记性真好。"她只幽幽地说了一句。我觉察出她的笑容略带阴郁，便壮着胆请她喝茶。在航时机斜对面有一张专供我使用的饭桌。

"站久了脚很酸吧？要不要喝点茶？不，是速溶咖啡。"

我赶忙拿出水壶去烧水，在我摆杯子时，她独自低语道："我不是来看航时机的，航时机嘛……"我抬起头，正遇上航时机中男子虚九的眼神："你是他的朋友？听说他是个孤儿……"我知道我这拐弯抹角的痕迹太明显了，然而她把话一股脑都吐了出来，既不是对我，也不是对任何人。

"我……被阿季甩了。"

---

① 全名武藏坊弁庆（1155—1189），又名武藏坊辨庆。日本平安时代末期的僧兵，武士道精神的传统代表人物之一。

我尽量问得含蓄："这么说，你是他，不，是阿季的女朋友？"

"对不起，我说得太难听了，可我找不出别的字眼。"这次她的话是对我说的。我想换个话题，又怕太心急反而失了诚意，恰好这时咖啡煮好了："啊，正好倒了咖啡，趁热喝吧。"

我担心直接问她"喝吗？"会被拒绝。

她轻轻点了点头，又看了他——阿季一眼，缓缓地在椅子上坐下。

"哦，你别客气。"

她盯着我看了看，就急切地说了起来，仿佛洪水开闸了似的。

"阿季，阿季把我忘了。他每次见到我都会笑，不是那样虚无的眼神。阿季一心想着航时机，想着未来，他把我忘了。我也想彻底忘掉。"

我知道，这是她积攒了许久的怨气。哇的一声，她伏在桌上哭起来。从她伸出的细长手指间，滚落了一颗发着微光的白色石块，是珍珠。

我有点尴尬，一口气喝光了咖啡，徒然地看着珍珠滚落到航时机底部。

我这几年每天的工作就是检查航时机的测试表盘，

从外部观察阿季的身体状况，以及管理进来参观的人。如今，又加上一件，陪她喝咖啡。

自那天起，她几乎一天不落地到航时机馆来。她叫美亚，她让我直呼其名。她总是一早就来。每次我起床检查完测试表盘回到屋里，她就已经在椅子上坐着，眼巴巴地望着航时机里的人了。

之后我开始读晨报，如果没人来参观，我们就整天有一搭没一搭地聊聊天，说说闲话。

她的衣着总是十分简朴。白衬衫、藏青连衣裙就能将她打扮得素净整洁。即使我什么也不问，她也会小心翼翼地跟我聊上几句。

她说，她跟阿季是在大学法国文学课上认识的。阿季的法文不太好，考试前就向她借笔记，这么着两个人便开始了交往。我说这不过是找借口跟她认识罢了，她寂寥地笑了笑。

跟阿季在校外见过几次面后，两个人很快就无话不谈，每个周末都会约在一起。她告诉我那段日子他们通常这么过：

"不仅星期日，平时只要一有空我们就见面聊天，也没什么要紧事，就是见一见，随便讲些什么，说说笑笑……但是我们都很焦虑。一不见面，不在一起，就会担心，莫名其妙地不安。阿季有一回在课间到走廊来等我。我刚出教室就看见他无精打采地倚在窗边。那天他生病了，我送他回住处才知道，高烧39度。他还说'闲着没事，就来等等你'……

"周末我们就在他住处附近的池塘边散步，还钓过鱼。他攒了十天的伙食费去买钓鱼竿，跑到池边，结果一条也没钓到。我们还专门挑下雨天，带着有大口袋的外套到图书馆去偷杂志，杂志上有我们俩都喜欢的作家。最好玩的是，我们在路上假装用乱七八糟的法语吵架，当中冷不丁会蹦出几句英文，这倒无所谓，就是阿季偶尔会脱口说出他老家的方言，真逗死人了。于是阿季就假装不说话了，一个劲地打手势，我就再用法语问他。遇到有路人停下来，我们就冲人家大声喊 C'est la vie，说完拔腿就跑。

"真的很傻吧。但是，我们当时都没能说出口'我爱你'三个字。我俩总强调我们是朋友，所以才会做那些傻事。但我肯定阿季知道我爱他，而我也感觉他爱着我。"

我随口问了一句："那他终究还是没跟你告白吗？"

她沉默了片刻："告白了。所以我们才打算结婚。"

"那他为什么还来搭乘航时机？他那时候应该最幸福啊。不对，难道你的意思是说，他对科学的探求远远超过了对你的爱吗？难道就只这么一个伪善的理由？我说得不对？还有其他原因？如果我是他，我绝对……"我一时语塞。

美亚一言不发。我看到她眼睛湿湿的，不能再往下说了，我赶紧闭上了嘴。

"不知道。我不知道原因。你看这个。"等到她再开口时，她递给我一样东西，就是前几天我见过的那颗珍珠，直径大约五毫米，颜色几近透明，发出七彩的光，是一颗很漂亮的珍珠。

"你前几天也带着吧？"

"对，就是前几天的那一颗。他送我的。他说要在结婚戒指上镶生日宝石，想送一颗我的生日宝石给我。我是十二月生的，是石榴石。可我说我不喜欢也不想要，因为他的生活虽不算困难但也不轻松。于是他就把小时候得到的这颗珍珠送给了我。'这就是我们爱情的见证。不过你看，这颗珍珠上有点瑕疵。等到婚礼时，我们的婚戒也不用钻石，我会送你一颗完美无瑕的珍珠。我们的婚戒，对了，要用纯金的，你知道珍珠意味着什么吗？是纯洁。会不会太俗了？'他说。我好高兴，向他表示了谢意。虽然我对珍珠并没什么特殊的喜好，但他那么说，我便一直贴身带着，一刻也没有放下。如果现在还有人问我最喜欢什么宝石，我一定会毫不犹豫地回答'珍珠'。"

顷刻间，愁云就从她的脸上消失了。我由衷地夸了一句："真漂亮。"

"很漂亮，真的。"她轻轻地把珍珠放在了桌子上。

"你觉得他能看见这颗珍珠吗？"被她这么一问，我又支支吾吾起来。我第一次嫉妒起了航时机里的阿季。

"那个，在航时机里，我们过二十四小时，也就是一天，他的感觉才一秒。你到这里来了几天，在他那里大概也就是几秒，就像在放慢镜头电影一样。因此为了保护乘客的视力，我们才在露台外面种了那么多常绿树。"

她朝那些常绿树看了一眼，低声说："太可怜了。他在看一个个慢镜头的电影，而我们在演。是这样的吧？好讨厌。那声音呢？他听得见吗？"

"声音一定很刺耳吧。机内的周波密度很高的。不对，他什么也听不见。为了不让他听见，声音在航时机周围就被吸收了。否则的话太危险了，对他来说。"我正想跟她解释为什么会很危险，她却沮丧地说了句"是吗？"就把话头打断了，我没法继续，对话又停止了。

"珍珠啊。"我不由得喃喃自语道。美亚调皮地笑了笑，收回了桌上的珍珠。她望着珍珠，说："我真的爱阿季吗？也许是我抛弃了他呢。"

*

这么桩桩件件地写下来，倒都不像是几十年前发生的前尘旧事了，仿佛它们就是两三年前的事情一样。准确地说，这些事离今天已经有多久了呢？

有种说法叫"五点钟阴影（five o'clock shadow）"，指的就是阿季连鬓胡子映出的淡影。时间过得真快，我也开始耳背，时不时地，我也会发现自己老了。而美亚，年龄在她身上留下的痕迹还不如精神疲惫更让她显出老态。她的皮肤干燥得像能发出声音来，只一对眼眸仍与从前一样闪烁着寂寥的光芒。

"阿季终究是把我忘了吧？他脑子里只有航时机理论和各种信息……"

她又要开始唠叨了，我借口耳背，继续读晨报。

"你之前不是说光凭一股子科学探寻的热情就来搭乘航时机是虚伪的吗？我赞成你这个说法。阿季真的只是打算坐着航时机前往会造出时光机的遥远未来吗？"

我依旧保持沉默。美亚思索了片刻。

"时光机还是没被发明出来啊。倘若造出来了的话，他早就坐着它回来了。回到我的身边……如果他爱过我的话。而他到现在都没回来，难道是因为他从没爱过我？真是这样，我就太惨了……我怎么样才能确定他的心意呢？"

"这个嘛……"我终于开口了，心情却无比复杂，不知道要怎么回答她，便又重复了一句"这个嘛……"，假装在思考。美亚跟平时一样，她放下托着下巴的手，拿出那颗珍珠。

"阿季留给我的就只有这颗珍珠。我现在唯一的希望就是想确定一下他的真实想法。一想到无论我做什么阿季都不会知道，就感觉好无助。"

"我们没法联系他呀。不过我有个大胆的想法，你真那么想他的话，干吗不再做一台航时机，自己也坐进去呢？"

"这，我以前也考虑过。可我当时总感觉他会坐着时光机回来。当我有再做一个航时机的想法的时候，我的岁数已经超过他了。"

"那就没办法了。"

"我常常会想起他喜欢的诗人，阿波利奈尔的一句诗：'钟声其响夜其来，日月逝矣人长在'。"

"这是《米拉波桥》吧。"我没等美亚回答就点了点头，继续去读我的报纸。

"他大概已经把我忘了。如果肉体上的时间，只会使新陈代谢变慢，而精神方面、感觉上的时间，还跟

献给美亚的珍珠

我们机外的一样的话，那他一定已经忘了我吧？"

我觉得她老糊涂了。因为肉体时间变慢，那大脑也是身体的一部分，思维的时间自然也相应变慢。我觉得她太傻了，却没有告诉她。此时她又开始絮叨了。

"北欧有个传说。说是有人在冰河中发现了一具男孩的尸体，人们着手调查尸体的身份，却没找到有关孩子走失的报案。查来查去，有一位老人看到了尸体，他立刻扑在尸体上大哭起来，嘴里喊着'大哥，大哥'。原来在这个老人孩提时，那孩子就突然失踪了。老人的哥哥掉进了冰河的缝隙中，周身填满了冰块，尸体没腐烂就冻住了，所以过了这么多年，他们才以这种方式重逢。我也属于这种情况吧？"

美亚自嘲地说着，我便也讽刺地吹起了桑迪·邓妮（Sandy Denny）的小调《谁知时光流向何方》（*Who Knows Where the Time Goes*），并朝阿季那儿瞥了一眼。阿季跟平时一样，睁着一对虚空的眼睛，一动不动地冻在航时机里。

然而，说实话，我每次看到他都会想——时光真的会改变一切。事实上，这间屋子里除了他以外全都变了。就连航时机外壳上的金属部分，也褪去了当初的光泽。兴许打打蜡，它还会闪闪发光，却没有人来做这件事。时至今日，世上还有几个人记得这个航时机计划呢？

其实也有人单凭兴趣就突然走进这间屋子。他们意在美亚。其中有个电视台的制片，连我也很讨厌他。他口中的污言秽语，我一句都不想说给美亚听。他一见阿季就说："他这就叫'眼观六路'吧。商业海报上常用。不管观众从哪个角度去看，都像被他瞪着似的。"说完就讽刺地把视线慢慢转到美亚身上。

"呵呵，你就是那位出名的……"

美亚根本就不出名。而这肮脏的小丑一定是在哪里听说了美亚的事，然后就大张旗鼓地表现出丑陋的好奇心。

"啊，你就是那位很出名，最近特别出名的……"他故意挥动双手，就像演滑稽戏似的，还自以为自己的玩笑颇得人心。他慢慢地双手抱胸，摆出一副思考的架势，又突然放声大笑："不行，还是不行。成不了一个画面，观众们不会感兴趣的。如果她是一只猫或者狗的话，那还可以制作一部现代版的《忠犬八公》，再现一个感人的纪录片……姑且列入企划吧。"

她一言不发，好像什么也没听见。

"如果她再年轻一点，倒可以弄点音乐来个歌舞节目什么的。"男人猥琐地向我挤了挤眼，又自言自语地说了句"她又开始看了"，便匆匆离开。

他为什么要来？我非常气愤，不是针对制作人，而是对把美亚逼成现在这样的阿季。

　　一天，一位名叫美亚的老太太，像是预感到什么似的，对受宠若惊的我说："如果我死了，这颗珍珠，就交给你，随你怎么处置，我不需要了。"

　　我吃惊地望着她，她轻轻地把珍珠递给我："另外我私下的财产，你能不能也帮我捐献给养老院？手续大概会挺麻烦，请原谅我这么任性。"

　　我点了点头。

　　人真的能预知死亡吗？虽然我不相信，可她似乎打算像王尔德的《快乐王子》中的那只燕子一样死去。两天后，她又来重复这几句话。

　　"阿季还记得我吗？"

　　我没有回答，耳背让我决定装聋作哑，否则她非得跟平时一样，来来回回讲个没完。

　　美亚一直坐在椅子上。

　　"阿季大概都不知道我就在这里。我这一辈子到底算怎么回事呢？另外，另外，我还得跟你道个歉。真是对不住，害了你了。"

　　我十分震惊，没想到她会在阿季面前说——白活了这么大岁数，太羞愧了。

　　太阳渐渐西沉，我轻轻唤了一声："美亚。"

她睡着了。

我感觉她睡着了。

"美亚。"我又叫了一声。

她的身体晃了一下，重重地摔在了大理石地板上，发出闷闷的声响。

咚……

她死了。孤孤单单地就这么死了。

我只记得耳畔传来她倒地时的闷响，完全没去思考如何处理那颗珍珠。

我尽可能，我觉得自己已经尽量客观地将我所知道的有关美亚的一切都写了出来。对我来说，这似乎太短了，仿佛还不完整，有时又嫌它太长。不过，要结束这段叙述，我必须再添上几笔，说说这其中的一个插曲。

美亚死后，我的生活并没有发生多大变化，她不在，我每天也不觉得无聊。然而，我还是会不时地突然想起和她初见时的情景。她那时好年轻。每想至此，我都会不由自主地望向阿季。她的一生在他眼前只不过是几个小时。

阿季是否看到了？

不，不，不，这不可能。可这也没什么大不了，不是吗？我总算说服了自己。

美亚曾是阿季的恋人。

"爸。"我听见有人在耳边叫我，我反应却极其迟钝。

"爸，好久不见了。"我还没找到声音的来源。

"啊，啊。"我嘴里答应着，好容易才弄清原来是儿子和儿媳来了。

"爸，你怎么样？身体还好吧？要不把工作辞了吧？爸，我觉得你也该退休了，就让我们来照顾你吧。你工作得够久了。我们这次来，就是为这事，在信上跟你提过的。"

儿子说的是真心话。他是个工程师，肤色淡黑的手上抱着我的孙女，爽朗地笑着："美树，你还是第一次见爷爷吧，快，跟爷爷问好。"小女孩微微一笑，抿着嘴，朝我鞠了个躬。

"是啊，爸爸，我也希望您退休。"儿媳妇很有礼貌，配儿子绰绰有余了，她对人从来都是笑盈盈的。夫妻俩相处得很好。

"谢谢。真高兴你们能这么说，心意我领了。"

我从没想过要离开这架航时机。我打算跟美亚一样，在航时机前静静地死去。

"你下来吧。太重了。"儿子放下孙女，小女孩睁着大大的眼睛，好奇地四处张望。儿子微笑着说："很像妈妈吧？隔代遗传了呢。"我点了点头。孩子在屋里跑来跑去，对什么都觉得新鲜，丝毫不能安静下来。

"美树第一次来这里啊。这里有很多好玩的吧？"听我这么说，儿子有些担心打扰到我工作，道："好了，我们该走了，美树。再待着该捣乱了。"

"还早呢。不是才来吗？"于是，儿子说他们还有事，得先回去了。

"走了，美树。"

然而，美树一点都不想走："不要。美树还要玩。这里有好多玩具。"

儿子无奈地苦笑了一下，看了看我。

"啊，没事的，放我这边。你们回头再来接她吧。"听我这么说，儿子儿媳就把孩子留下来，出去了。

等屋里只剩下我跟美树两个人，她就充分展现好奇心，在屋里玩开了。

"爷爷，这是什么？"孩子首先把注意力集中到了航时机上。等我费心地把航时机尽量简单易懂地解释了一遍，她的兴趣早已转到别的东西上了。

"这么好看的东西是什么啊，爷爷？是什么呀？"美树不知何时已经爬到了桌子上："这是什么？"

那是自美亚走后就一直放在那儿的珍珠。

——原来它还在这里。我该怎么办？

"啊，哦。这个叫珍珠。好看吧？"我没有过多说明，把珍珠小心翼翼地放在孩子手上，孩子好像很喜欢，连着说了几声"珍珠，珍珠"，认真地端详起来。

——美亚再也不会去想了吧。难道就没有办法把美亚一生的思念告诉他吗？美亚痛苦了一辈子，到头来也没得到任何回报，实在太可怜了。

我确信自己想得没错，兀自点了点头。

——原本这颗珍珠是阿季的，我该帮他保管着，等他从航时机里出来。不过，稍等。珍珠放在这儿，或许有那么几秒钟，阿季也看到了？我不能肯定。如果能有从机内向外传递消息的办法就好了。

……阿季究竟爱不爱美亚？如果不爱，那美亚这一辈子算怎么回事？太可怜了，可怜至极。

嗯，就在这时，我决定把珍珠送给美树。

"美树这么喜欢，那这颗珍珠就给美树吧。叫你爸爸配个戒指，金的戒指，把它镶在上面。"

美树高兴极了。

"谢谢。好高兴哦。美树会一直，一直带着它的。我会保管好，绝不弄丢。真的，我拉钩保证。"

我笑了，我知道美亚也一定会同意我的决定。大概人上了年纪都爱怀旧，我刚把珍珠送出去，眼前就浮现出之前跟美亚谈话的一幕幕。

"如果要问我喜欢什么宝石，那我一定会毫不犹豫地回答：'珍珠'。"

"我可不是来看航时机的，航时机嘛……"

"我这一辈子算怎么回事？此外，我还必须向你道歉，真的……"

必须道歉

必须

必须

必须

必须

必须

咚……

"珍珠。珍珠。"

我的意识又回到了现实，轻轻指着孙女掌心里的珍珠问："珍珠怎么了？"

孙女拼命地摇了摇头："嗯，不是的。那里也有珍珠，跟这个是一样的。"美树的手正指着航时机。

"爷爷刚才不是告诉你了嘛，那叫航时机。"

"嗯。我知道那个航时机。那里面有珍珠。爷爷，你看，看啊。"

我们走到航时机面前，美树得意地说："你看，这个。"

真的有一颗珍珠，阳光下闪闪发光的透明珍珠，就悬浮在距阿季的脚边十厘米的地方，而且非常非常缓慢地在一点一点往下落。

"你看，爷爷，我说是珍珠吧。"小女孩还在坚持。

"原来他知道美亚的啊……阿季从头到尾都爱着美亚。"我的胸口不由得涌出一股热流，而现在我光顾着点头了。

"是吧，是珍珠吧。没错吧。"

我好不容易才哑着嗓子答道："嗯，是珍珠。是送给你奶奶的珍珠呀。"

不知要等到美树多大，他才会从航时机里出来？我想，应该不止几十年。那时我肯定已经不在了，该是美树那一代了。

不，这些都不重要。因为阿季是真的爱着美亚。

"真漂亮。"此时找在小孙女的脸上看到了美亚的影子。

七彩的珍珠依然生生不息。

阿季的脸扭动着，他正努力地张大嘴巴。最先落下的珍珠在地上一点一滴地变成一顶王冠，就像真的珍珠那样……它就是阿季一心一意要献给美亚的珍珠。

"太美了。"我也这么觉得。

诗帆离开的夏天

之后，又过了几个寒暑。如今，我惶惑地迎来了一个全新的夏天。

裕帆在厨房里准备晚饭，而我则在暑气残存、暮色迟迟的阳台上，想着那些毫无意义的往事。

裕帆二十岁了。

"晚饭做好了。今天有爸爸最喜欢的烤肠蛋包饭。"裕帆说着从背后调皮地摇了摇我的安乐椅，我随口提了个建议："下周日开车去水子岬吧？诗帆的……你母亲二十周年的忌日要到了，我想给她献束花。顺便到你小时候常去的地藏游乐园转转，好么？去水子岬路上正好经过。"

裕帆脱下围裙含笑同意了，清纯的神态与诗帆一模一样。

"好的，爸爸。我会把周日空出来。不过，你得先表扬表扬我做的菜，洗澡水我也放好了。先来哪一样？"

"哦，先洗澡吧。"

"好，那啤酒就先不开了。"

浴室的镜中映出了我头上的几根白发，我甩开时光的重压，把身子浸在澡盆里，很自然地就想到了二十一年前。

裕帆深信诗帆就是她的母亲，也相信诗帆是在和我同车时，遭遇车祸丧生于水子岬的。因为裕帆小时候，我就是这么告诉她的，不能算说谎。然而，我并没有把全部真相都告诉她，还没到该和盘托出的时候。

二十一年前我跟诗帆认识。过去种种恍如梦境，我努力回忆，能记得的也很模糊。虽然我们的相识都是偶然，但毫无戏剧性可言，仅仅是两个年轻的孤儿共同经历了一些琐事便渐渐走到了一块，相互亲近起来罢了。

我俩工作单位离得很近，上班路上常能碰面，事情就是这样。

我当时在一所私立学校的研究室工作，如今已被撤销，我那时在负责灵长类的克隆课题。我现在还十分清楚地记得，自从我第一次见到诗帆，便像获得了天启似的，过目不忘。之后去上班的电车上我们也时常碰面，而到附近食堂吃午饭时，我若无其事地跟她开了几句玩笑后，才熟悉起来。于是每次乘车碰上，我们便互相打招呼，聊些闲话。

诗帆性格沉稳，谈吐高雅又不失幽默。我那时对她很有好感。她长着一双孩童般的大眼睛和淡淡的雀斑，一脸稚气，身材纤细而娇弱。这点点滴滴加在一起，就给诗帆赋予了一种特殊的魅力。

一个休息日的前一天，我鼓足勇气向她发出了邀请。对我这样一个内向的人来说这无疑是一桩壮举。

她十分传统，对我的邀请深感意外，张大嘴巴，摇摇头断然拒绝了，还以为我在逗她。我软磨硬泡才征得了她的同意。诗帆根本没意识到自己多么有魅力。

第二天我们俩漫无目的地在街上闲逛，或许还一起喝了茶，也可能一起到公园的喷水池前嬉闹了一番，又或者在步道上边吃冰激凌边散步，就像大多数人一样。而那天对于尘嚣中的我来说，至少是初次尝到了幸福的滋味。

诗帆跟着我，一直走到了太阳下山。闲聊之中我得知诗帆是个孤儿，便随口告诉她，我也是。我们第一次约会，在别人眼里就已经很亲密了，可见仅仅一天我们就互相了解了对方。

从此每逢休息我就会和诗帆见面，而她就像变了一个人一样，每一次都增色不少。我感觉她十分了解我的喜好，也尽量投我所好。她对我来说简直可爱至极。

有一次告别时，诗帆哭了。说是会莫名其妙地担心，用言语表达不出来。也许诗帆自懂事起就一直独自生活，现在她在长期的单身生活中第一次感到了幸福，所以害怕有朝一日会失去它。有一回，诗帆不小心说了一句"我跟幸福无缘"。

那段时间我们好快乐。

一天，诗帆在地藏游乐园坐过山车时把包掉了，我从正在上升的过山车上跳下草地去捡，结果被工作人员狠狠地训了一顿，两个人只得相视苦笑。对了，那个奖章哪儿去了？就是诗帆叫我在长凳上稍等一下，然后自己跑去买来送我的那个。并非什么贵重之物，就是卖给孩子们纪念用的塑料奖章，上面有机器刻的几个字。她淘气地给我挂在脖子上，奖章上刻着那天的日期，她的名字缩写，好像还有"努力"一词的拼音。我似乎问过她为什么要写"努力"，可想不起来她当时的回答。

我们还借车去过一些比较远的地方。随意地选一条路，然后笔直地往下开。我们离开国道，越过高山，路过不知名的村镇，一直开到林中无路可走的尽头。在那里，我向诗帆求婚了。

第二个周日她才答复我。那天，我俩都没怎么说话，偶尔交谈几句也都吞吞吐吐的。打个不恰当的比方，那天我们就像握着一个易碎的玻璃瓶来赴约一样。

直到回去之前，我们都没谈起结婚，分手时，诗帆才顺口说了一句：

"我接受了。"

一切都再自然不过。那是我人生中最幸福的日子。分开后，我飞跑回家，进了屋依然兴奋得坐立不安，大声地吼起流行歌曲，喉咙差点喊破了。我发现世界成了一个平面，到处都闪着绚烂的光芒。

我已经深深坠入情网。尽管我能感觉到诗帆对我还不完全放心，可是没太当一回事。偏偏这个不幸的预感得到了应验。

福兮祸所伏，我切身体会到了幸福的短暂，这世上没有永恒不变的幸福。

婚礼前几天，诗帆向我袒露了她之前犯过的错误。她沉默了片刻，便哭着向我道歉，说有些话必须告诉我。诗帆并没做错什么，无非就是坊间常有的无知少女上当受骗的故事。倘若发生在其他人身上，附和两声表示一下同情就能过去，而我当时却不能一笑置之。因为年轻人心里总有一种特殊的洁癖和悲怆。

我很矛盾，既想安慰她，又忍不住痛骂她一顿。

也许这就是注定横亘于我与诗帆之间的爱情考验，一种必须冲破的障碍。我努力告诫自己，而人性毕竟软弱，终于我不再有信心说服自己。即使原谅了她，当一切是流水，今后共同生活也仍会耿耿于怀。我可以肯定，几十年后这个疙瘩会以一个意想不到的形式，从偶然的一个裂缝中喷涌而出，把我俩折磨得遍体鳞伤。所以，倘若我们要彼此憎恶地生活在一起……

我深知自己有多自私，我都能想象得到，那准会像掉进地狱一样痛苦。

然而，我又不能同她分手，把她忘掉，重新开始。诗帆在我心里的位置这么重要，如果分开，那就是另一种炼狱。

诗帆很清楚我有多痛苦。

最后我们做出了一个心照不宣的决定，我俩唯一能想出的办法，能让我俩的爱情永恒的传统做法——办完婚礼我们就双双自杀，脱离肉体，在只有纯洁灵魂的世界中永不分离。

这种想法叫我们羞于启齿。只有死才是最佳途径。

婚礼只有我们两个人，办得很简单。我们到市政府办完入籍手续，就回到我十几平方米大的公寓中，一起喝了几杯顺风苏格兰威士忌。然后借了辆车，准备开去水子岬。因为诗帆想找一个风景优美的地方。

我片刻不曾犹豫，在水子岬跟诗帆欣赏了一会儿美景，便猛地踩下油门，连人带车一起坠下悬崖……

也许这就叫丢脸吧。我只受了点轻伤，就奇迹般地生还了，醒来时已经躺在了医院的床上。望着眼前的一片纯白，我脑子里空空的，什么都想不起来。长久的寂静让我不安，忽地我记起了诗帆。我从病床上蹦了起来，到处找医生打听她的消息。然而，答案叫我绝望。诗帆因为头盖骨受创成了植物人，死亡对她不过是时间上的问题。我在诗帆床边后悔不已。我放声痛哭，诅咒自己的愚蠢。

我不想失去诗帆。

却无计可施了。

倘若恶魔告诉我它能让诗帆复活，那我一定会把自己的灵魂交给它。当时，我突然想到了最后一种可能，而它本身就属于恶魔。

医生的说法应验了，几个小时后诗帆无可挽回地离开了这个世界。

我在太平间待了一夜，把她的一部分卵细胞取了出来，带回研究室。

我前面说过，那段时间我正在从事灵长类的克隆研究。

我之所以这么做，完全是出于如下的考虑：我自私的伦理观念，叫我无法原谅诗帆肉体上的污点，于是我做出了"死"这个一劳永逸的抉择。而我如果能叫诗帆的肉体获得新生，那我的迷惘，之前的问题不就全都解决了吗？运用我研究的克隆技术，如果能让诗帆的肉体重生，那我和诗帆就能自由地相爱了。所以我必须尝试，在我的道德伦理中我必须这么做。我就是这么想的。

克隆是一项生化技术，卵细胞无需受精也能培育出成体。遗传基因完全来源于母体，所以在理论上克隆体即另一个母体，也可以称作母体的拷贝。

总之，我准备再复制一个诗帆。

当时，我已成功克隆出了日本猴，目的是保存优良品种的纯正血统。对外我们宣称要开发新的蛋白质源以应付粮食危机，然而各界纷传提供资金的财团思想偏激，所以社会反响并不好，对我们也存在诸多偏见。克隆技术很容易叫人联想到人类复制，这在人口爆炸的当前，无疑是一个危险的领域。再加上人们都以为克隆技术就是培优淘劣，认为它是疯子的一种妄想，在平等的社会中没有立锥之地。

可我希望大家能够理解，我多么想让诗帆重生，我也有能力让她重生。

由于没有遗书，警方便只把这场车祸简单地定性为错误驾驶导致的意外，好意地让我取回诗帆的尸体。当晚我为诗帆守了灵。而诗帆的卵细胞已经在研究所的实验室里，作为独立个体开始了生命活动。在装有羊水的试管里，诗帆又成了一个胎儿。她只属于我一个人，是一个从未被人染指过的纯洁无瑕的诗帆。

通过提供人工细胞核，卵细胞将不断地分裂直至形成胚胎。她就是诗帆，可在胚胎时期，人和日本猴的区别并不大。我们只能看出它是一个脊椎动物，却区分不出是人还是动物，即使如此，我在胚胎成功到达克隆阶段时，仍非常激动。

几个月后诗帆就要降临人世，不是神而是我亲手把她带来的。我给新生的诗帆对外取了一个名字叫裕帆，我决定当她是自己跟诗帆的女儿。

我觉得我该做决断了，与此同时我辞去了研究室的工作。因为人体克隆马上就要成为现实，而公众坚信人体克隆是在创造一个非人类的、有悖于自然规则的单一群体，正准备制定法规禁止人体克隆。舆论全都倒向一边，几个月后法令就正式出台了。

我再三央告一个熟悉的医生，让他在出生证明上，将裕帆的出生日期写成诗帆未完全身死的那段时间。也就是说在户籍上，裕帆成了我事实上的孩子。为了能将裕帆抚养长大，我必须以此来避开世人的目光。

从此以后，我的生活变得非常充实。我一个人包办了养育裕帆的所有工作，诸如喂饭、换尿布等。当然，我还得工作养家。那段时间我到底是怎么过来的呢？我只记得自己忙得团团转。支撑我的就是小小的裕帆，因为我眼见裕帆变得跟诗帆在世时一模一样。当然，克隆人原本就该这样。

若有人了解其中的原委，他们一定会觉得我所做的一切太疯狂了。而我确信，如果裕帆能顺利地长到诗帆的年纪，那她就一定会变成诗帆，并爱上我。

在这里我得先解释一下，那时在克隆研究者中曾有过一个名叫"勒温传说"的传闻。也就是说由克隆成长起来的个体，不仅会照搬母体的遗传基因，还会遗传母体基因中所包含的后天记忆。露丝玛莉·勒温在她的秘密实验中，曾有过实例。她在给牧羊犬喂食前每次都吹哨子，于是只要听到哨声，即便没有食物，牧羊犬也会分泌唾液。就等同于巴甫洛夫的条件反射实验。紧接着她将这只牧羊犬卵细胞取出克隆，结果克隆出来的牧羊犬，也跟母体一样，一听到哨声就立刻分泌唾液，到处寻找食物。

不过她并不只克隆了一条，而是许多的牧羊犬。这些小牧羊犬并不全都天生跟母体一样会条件反射，个别几条到达某个成长阶段时突然复苏了母体的条件反射记忆，其余的则没有。有关其中的比例以及是否真有过这类实验，大家谁也不清楚，也正是因为如此它才被人们称作"传说"。加之，后来克隆研究遭遇冷眼，如今只能暗地进行。勒温传说始终只是一种传闻。只不过若一点证据也没有，传说就不会出现。我相信这一点，也愿意赌上一赌。

于我而言，裕帆就是一个精灵。

每当幼儿园放假，我就带她去曾和诗帆一起去过的地藏游乐园，我们一起坐旋转木马，一起在过山车上放声大叫。人群中裕帆笑声清脆，她又蹦又跳地拉着我转圈。在大转车中，我把她抱在腿上，温和地问："这个世界上裕帆最喜欢谁啊？"

她把小脸凑在我脸颊上，说："当然是爸爸。"

雨天，我跟裕帆在游乐园一角的撑着阳伞的长椅上边吃热狗边躲雨。

"裕帆长大了要做什么呢？"

"结婚，跟爸爸结婚。"裕帆噘着嘴，一本正经地说。裕帆真的就是一个孩子。

她的话我并没完全当真，有这么大女儿的父母都会听到这些有趣的答案。然而我并不否认自己对裕帆十分溺爱。那段时间，我跟旁人完全没有私交，不过仍有好事者跟我提出过再婚的事情，而我从来就没有考虑。

因为我有裕帆。

好像有件事曾叫我备感意外。

一天，我答应裕帆要买礼物给她，结果回家时忘了。她得知我忘了买礼物，便歪着小脑袋，伸出右手，一边咂嘴一边晃动食指，说："不中用的爸爸。"我当时吓了一大跳。她的动作跟诗帆见我约会迟到，故意不高兴时做的一模一样。那一刻，我迅速在脑海里展开了对"勒温传说"的争论。难道我要有新发现了吗？我从来没有跟裕帆讲过诗帆的任何习惯。我好激动，问裕帆："你想起来了？你说我'不中用'那个？"

大概我当时看起来很紧张，裕帆吓坏了，她抽抽搭搭地抱紧我。"我，我以为爸爸知道。"裕帆指着电视，"现在很流行，那，那个，大家都这样。"

电视里正在放广告。先是几个奇装异服的小丑似的男人用广告中的洗衣液把衬衫洗得跟新的一样，后面又有个长相颇寒酸的男人用其他洗衣液洗衣服，结果皱巴巴、脏兮兮的。于是之前那些男人就做出裕帆刚才的动作，讥讽地说"不中用"。哎，我弄错了。

虽然发生过此类误会，我的闲暇时间还是都交给了裕帆。我相信裕帆这只小毛毛虫终有一天会蜕变成蝴蝶般的诗帆，到那时她肯定就记起我究竟是谁了。

日子过得真快。俗话说"逝者如斯夫"，我也有同感。时光匆匆，不知不觉就是二十年。裕帆也长到了二十岁。

从外表看，裕帆与世上所有的女子并无二致。唯一的不同就是她与诗帆活脱脱一个样。长相自不待言，就连性格也跟诗帆一样。裕帆天性纯洁，以至于行为举止都很优雅，只要跟她在一起心里就自然暖洋洋的。

然而，裕帆并没有恢复诗帆当年的记忆。

当裕帆突然找我商量时，我的惊讶简直无法言表，就像挨了一闷棍似的。

几个月前裕帆交往了一个男生，不仅如此，男的还向她提出了结婚。我问她作何考虑，她说她没有拒绝，还准备这两天就带男生上家里来玩，打算介绍给我认识。裕帆的脸红了，她说男生很认真很老实，且对她情有独钟。

听到这里，我瞬间头晕目眩，不由得靠在了墙壁上。

我并不嫉妒，更多的是不知所措。

为了裕帆有朝一日能恢复诗帆的记忆，我故意阻止她与异性接触。万一她爱上了别人，随后又恢复了诗帆的记忆，那她就太可怜了。

——是时间向裕帆坦白了。现在说或许还能叫裕帆打消那个念头。

我努力抑制着想喊出声的冲动。

万一"勒温传说"彻头彻尾就是个谎言，裕帆根本就不能恢复诗帆的记忆，那她会如何理解我这些古怪的言论呢?

我将不再是裕帆心中值得信赖的爸爸,我将变成一个令人讨厌的卑鄙老人。而裕帆也会厌恶自己是被一个男人的私心带到这个世界上来的这件事吧。等到那时,无论我怎么解释都是徒劳。我跟那些不以乱伦为耻的色鬼有什么两样?只要诗帆的记忆一天不恢复,我就只能是裕帆的父亲。

于是我绞尽脑汁想了许多办法,我冷静下来开始思考该如何让她恢复记忆。我想我只能赌一把了。也许有点强人所难,可我得用一些手段,尽量自然、可行地帮她恢复记忆。

我的脑海里闪过和诗帆共同度过的岁月,那些短暂的青春。

我踌躇着,对在身后调皮地摇着安乐椅的裕帆漫不经心地说:"下周日开车去水子岬吧?诗帆的……你母亲的二十周年的忌日要到了,我想给她献束花。顺便到你小时候常去的地藏游乐园转转,好么?去水子岬路上正好经过。"

我想到诗帆留下最后记忆的水子岬去,置身在与那天同时同地的情景之下,也许诗帆的记忆就能恢复了吧?

我为"勒温传说"最后赌了一把。

我开着车，很自然地不再说话。裕帆捧着花坐在副驾上，跟那天的诗帆一模一样。

"我们直接去水子岬，还是先去游乐园玩玩？"我找了个话题向裕帆开口道。裕帆并没有特别的表示："都可以啊。"

我抽了根烟，直接把车开到了地藏游乐园。

由于是周日，游乐园里有不少带着孩子的父母，他们一定觉得我跟裕帆看起来有些怪吧。我已经有十年没来过这里了。

"爸爸，快看，那个风向标。"裕帆突然兴奋起来，手指着一个旧了的风向标。风向标锈迹斑斑，安置在游乐场一角的小型博物馆屋顶。

"爸，你不记得了？以前我吵着想要它，爸爸还很为难呢，好像是我上幼儿园那会儿。"

有这回事？难道我记错了？听她这么一说，似乎又像有那么回事。

接着裕帆拉着我向过山车走去，她在这方面还是一个孩子。过山车不过是年轻人喜欢的游艺机，可以让他们享受眩晕与风的刺激。而我只感到胃部一阵一阵地痉挛。

我们走到有遮阳伞的长椅上坐下，拿出热狗和可乐。

"裕帆，你还记得小时候跟爸爸一起吃热狗的事吗？"

"是下雨天吗，爸爸？"

"对哦，那天下了很大的雨。"

"我那个时候真的想长大以后嫁给爸爸。"裕帆大笑起来。我也陪着她笑，却更像是因为活生生的现实而发出的苦笑。

"好了，我们去水子岬看妈妈吧。"

我跟裕帆再次回到热烘烘的车内，结束了刚才的谈话，我开始缄口不语。

"爸爸今天怪怪的。"不用裕帆提醒，我正手握方向盘沉浸在回忆中，我在想当时自己决心赴死时的情景……

踩下油门之前，我偷偷瞥了一眼诗帆。她咬着嘴唇，紧闭双眼，长长的睫毛给我留下了深深的印象。紧接着我就觉得自己腾空而起，诗帆那一头浓密笔直的黑发在我眼前飘飞。她的脸上没有一丝悔恨。

"是啊。当然会这样。马上就要到车祸现场了。爸爸想起当时的情景了吧。对不起，爸爸，我太大意了，乱说话。"

没错，我情不自禁地想起了那天的情形，也许我应该详细地跟裕帆说说当时的一切。搞不好能帮助她恢复诗帆的记忆。我心想……

"那天也跟今天一样，西下的阳光很烈，知了的叫声一直传到车内。诗帆跟你今天一样，坐在副驾驶座上，好像拿梳子梳了梳头发。"

裕帆似乎对我的话并不感兴趣，她正欣赏着窗外的风景，突然，她打断了我："为什么爸爸妈妈没有带上我？"我没想到她会这么问，一时不知如何回答。

"啊，好像把你托给谁照看了吧，我记不太清了。"

我得让裕帆觉得我老糊涂了，她必须自己把一切回忆起来，我绝不能亲口说出她就是诗帆的真相。我只能创造条件让她恢复记忆，由我说出来一切就前功尽弃了。要我自己摘下"父亲"的面具，我从心理上做不到。我原本就很懦弱。

"是啊，裕帆，你母亲也像你这样欣赏着外面的风景。我们没怎么说话。"

我把车开进服务区。

"好像就是这家。"这里的外观几乎与二十年前一个样，那天诗帆要梳头所以进去买了梳子。最近大概重新粉刷过，整幢建筑看起来有些发蓝。

"你妈妈说要梳头，就花了五分钟进去买了梳子。"诗帆一定是想整整齐齐地死去吧。裕帆却是第一次来这里。

"听说这里有不少土特产和装饰品。"裕帆听我这么说，立即下车："我进去看看。"

裕帆向店内走去，她的背影与那天下定决心的诗帆并没什么不同。我没有下去，在车里等着裕帆，前后不超过五分钟。

我们重新驶向水子岬，裕帆坐在车中，手撑着额头，好像在想些什么。

"店里怎么样？"我不知该说些什么，随口问了一句。裕帆轻轻地摇了摇头。

"裕帆想妈妈了？"

"有时候会想。不过我从没见过妈妈，所以也说不清楚。妈妈是个怎样的人呢？作为一个女人，在爸爸眼里。"

裕帆小时候就经常这么问我，可她现在已经长大了。我必须给她一个明确的答案："爸爸呢，对，爸爸在跟诗帆认识之前，心里就对女性有一个标准，虽说不上有哪些具体的内容，可爸爸第一次看见你妈妈时，直觉就告诉我，没错，她就是我心中理想的女人。我之前描述理想中的女性，所用的比喻都在她——诗帆身上得到了体现。"

"结婚以后，你理想中的女性也没有变吗？"

"是啊。她还是那么开朗、温柔、细腻、美丽。"

"哦，我跟妈妈一点也不像啊。"

"不，你很像你的妈妈。长相也好，动作有时也惊人地相似。很正常啊，你们身上流着相同的血嘛。"我完全没想到自己会说得这么直接。

"那裕帆也说说看。你交往的男朋友，什么样？讲具体点儿。"我并非故意转移话题，只是正好说到这儿了。裕帆噘了噘嘴，有点为难。

"嗯，很认真，认死理。有幽默感算一个优点吧。反正，有点像爸爸年轻的时候。虽然他是做电子工学应用研究的，谈吐中却一点也看不出来。我一直没告诉爸爸，其实我们上个月去过那个地藏游乐园，非常开心。"

"那你打算跟他结婚咯？你喜欢他吧。"裕帆听见我问，轻轻地点了点头。

"可我，还有点怕。"她这句话叫我不由得松了口气。

"我知道他爱我，也能感受得到。他对我特别好……我不知道该怎么讲，他对我太好了，所以我很害怕，讲不清楚的那种。爸爸，你不会明白吧？其实我也很爱他的。"

远处就是水子岬了，它一如既往地抵抗着强劲的海风，一望无际的低矮的红松林在公路边绵延。

"我还是第一次来水子岬呢。"

是，自打出事后我也是第一次来这里。我们必须拐过好几处弯道才能到达海岬的最前端。

"到底了。"红松林的尽头，就是悬崖，大海在我们的脚下。白色的浪花飞溅在突出海面的岩石上，迸出串串水珠。我已经有二十年没来水子岬了。自那天以来，我曾多少次在梦中看见自己站在这里。不知有多少次，我梦见自己跟诗帆、裕帆，一起来到这儿。每一次她们都纵身跳入海里，只把我一人留下。我惊叫着从梦中醒来，很多次很多次。也许是这个缘故，我自然不敢再到这里来了。

我把车停在水子岬最前端的弯道上，靠在左边车道的外沿，随后下了车。刹那间海水特有的气味和臭氧味扑面而来，咸湿的海风猛烈地拍打着我。

海岬上只有我们两个人。大概是因为上次出的那场车祸，悬崖边架起了一圈坚固的铁丝网，铁丝网有半人高，漆成白色，看起来颇为壮观。

"真扫兴。以前没有这些东西的。"我踹了一脚铁丝网，叹息道。裕帆笑了："不这样的话，怎么能防止再有人发生爸爸那样的车祸呢？"

她说得没错。裕帆从车里拿出花，交给了我。

"这花该由爸爸来献。"

全都是夏天的花，大丽菊、鸡冠花、芙蓉和格桑花……还有些叫不出名字。我默默地从裕帆手里接过花，把它放在了海岬顶端的路边。风把花粉吹了起来，洋洋洒洒的。我朝身边看了看，裕帆正闭着眼睛合掌祷告。等到她抬起头，我问："都说了些什么？"

"二十年中我还是第一次来，所以汇报了一下自己的成长，还说了男朋友的事，毕竟她是我妈妈。"

一时间我第一次感到妒火中烧，几乎想把真相一股脑全说出来。然而为了控制住冲动，我突然很想尝试一下。我还没有放弃，那个"勒温传说"再次浮出脑海。如果"勒温传说"是真的，裕帆就一定能想起来。那我现在只能一试了。

"裕帆，你知道爸爸坠崖的地点吗？"

"嗯，放花那里吧？"

我拉起裕帆的手："不是，还要靠右一点。我们过去看看。"我紧紧抓住裕帆的手，要带她过去。

"爸爸，你怎么突然……太奇怪了。"裕帆有些紧张，我没想那么多，径直把她拉到悬崖边上。强烈的海风和浪花溅起的泡沫打在我们脸上，海浪撞击岩石的声音也突然震耳欲聋起来。

"来，就是这儿。"我们翻过铁栏杆，站在悬崖边。刚才还不情愿的裕帆现在也瞪大了眼睛，朝悬崖下看了一眼。显然，她非常害怕。

"快，好好看看，就是这里。我和诗帆就是在这里出事的。我们从这里掉了下去。"裕帆十分不解，为什么我突然像变了个人。可这已经是能叫她恢复诗帆记忆的唯一办法了。我认为是最好的方法。

那束花被一阵狂风吹了起来，扎着的彩带在空中散开，五颜六色的花朵像万花筒似的旋转，纷纷坠落。

"没事的，爸爸扶着你的肩膀，你好好往下看看。看见什么了吗？裕帆，你想起什么了？"我几乎喊了出来。

"爸爸，不要。"裕帆闭上了眼睛。

"不，你好好看看，告诉我你的感觉。"

"我什么也感觉不到。我害怕。"裕帆拼命摇晃着肩膀，试图从我手中挣脱出来。我紧紧地抓着她："你应该能感觉到的，一定会……"

"不要，爸爸。你想让我感觉什么啊？"

我几乎要哭出来了："裕帆，求你了，你应该能想起来的。"

裕帆回过头来，吃惊地睁大眼睛，瞪着我。我把她从悬崖边拉了回来，她的脸完全失去了血色，双唇白白的。我无法直视她的眼睛。

"没事吧？"我垂下眼帘，心里满是歉意。裕帆摇了摇头："我什么也想不起来。爸爸，你把我当成年轻时的妈妈了吧。我就是我啊。妈妈已经不在了。"

我太冲动了，到底都说了些什么啊。不过，有一点我非常清楚——"勒温传说"在裕帆身上并不适用。

"对不起。爸爸太失态了。"

我为什么还要来？其实二十年前我就全知道了。是我自己斩不断情思。

裕帆小心翼翼地把我的手从她肩上抽脱。

二十年前的那个悲惨的记忆再次苏醒了。我真是一个不可救药的傻瓜。其实二十年前为了克隆诗帆，给她尸体动手术时我就已经全都知道了。当我从诗帆的子宫中提取卵细胞时，我就知道了——诗帆并没有犯过错。

我不明白，诗帆为什么要跟我撒这样一个谎。况且她还决定要跟我一起去死……

或许我并不是真的爱诗帆，连爱她的资格都没有。况且，这样的我根本没有权利从一开始就要求裕帆回想起过去。

"爸爸，回家吧。"裕帆在背后叫我。我又看了一眼悬崖——也许我现在可以去死了。从这里跳下去并不难。

我踌躇了片刻，立刻掉头，追上裕帆，向我们的汽车走去。我依然如此懦弱。

我发动起汽车，问裕帆："这个礼拜，他哪天有空？"

"啊？什么？"

"爸爸想见见他。裕帆选中的对象，一定很不错。"

"啊，那他一定高兴死了。明天就会过来，把别的事都推掉。"

我拼命踩下油门。没有开窗，车里一点风声都听不到。

"我上次跟他来游乐园的时候，"裕帆想起了什么，说，"感觉他好熟悉。我刚才说他很像爸爸年轻的时候，可我以前跟他在一起时，就觉得他很温暖，我非常非常熟悉。"

直觉让我周身像通了电一样，莫非……

"然后呢？"

"就这些啊。因为他对我很好，我送了他一个吊坠。当然不是什么贵重的东西，就是在地藏游乐园买的塑料徽章。"

听到裕帆这么说，我想起那天诗帆把我一个人留在长椅上，去给我买了一个徽章。

"是刻字的那种吧？我知道。把自己喜欢的句子刻在上面那种……你是不是刻了'努力'啊？"

我本打算开个自嘲的玩笑。没想到裕帆却瞪大了眼睛，显然十分震惊："啊，爸爸怎么知道的？"

"嗯……刻上'努力'是什么意思呢？"

就算我知道了，现在又能做什么呢？不过，这都已经无所谓了。

"勒温传说"在裕帆身上还是体现出来了吧？

然而，诗帆的记忆在她的意识里，还包含了我的一个特征，那就是"年轻"，而我已经不年轻了。遵照"勒温传说"，裕帆回到了具备了"年轻"特征的像极了我的男人身边。

不能怪裕帆，是我自己已经不再是被诗帆爱着的那个自己了，无论是心灵还是肉体。

"好想早点见见他啊。你要'努力'哦，牢牢抓住他。"

"谢谢。我一定不放手，有爸爸这句话我就更有信心了。"

我停了车，从胸前的口袋里拿出一个旧了的吊坠，把它挂在裕帆脖子上："这是你妈妈给我的。上面刻着'努力'二字。好巧吧。我把它送给你。"

"哦，妈妈她……"裕帆目光闪闪地盯着那个旧吊坠，"我以前觉得妈妈离我好远，现在突然觉得她就在我身边，血缘真的好神奇。我们居然会刻同一个词。我一定会好好珍惜的，这是我的护身符。"

我并不后悔把自己最珍爱的吊坠给了裕帆，相反，我感到很畅快，像闷在胸口的什么东西消散了一样。

可裕帆爱上的会是一个怎样的男人呢？最好别像我，要是一个能全心全意爱着她的坚强的男人就好了。

　　如今，我正坐在暮色迟迟的阳台上，晃着安乐椅，等待着他的来访。今天晚上，裕帆一定会为我和他准备一顿丰盛的晚餐的。我听着裕帆哼的歌，想起我们从水子岬回来路上说过的话。

　　"裕帆，你觉得爸爸能和他谈得来吗？"

　　"当然啦。我觉得你们会成为非常好的朋友。我敢保证。"

　　太久了……我突然觉得自己老了。

　　裕帆不唱了，玄关那边传来了男人的说话声，紧接着是裕帆雀跃的声音。

　　"爸爸，他，来了。"

　　我缓缓地从椅子上站了起来，从阳台吹来一阵凉风。

　　在我心里，这一次，诗帆是真的离开了。

　　夏天，结束了。

名叫梨湖的虚像

我似乎已经习惯于用慢镜头来观察别人的生活。这也很自然，因为我总是以亚光速穿梭在各个星球之间，每隔几年才跟老友见面。

大概类似浦岛太郎吧，我的外表丝毫没有改变，而每次见到朋友们，就会发现他们的发色、眼尾的细纹上已经留下了时间的印记。他们一个个向我诉说这些年的遭遇，间或夹杂对往事的回忆、不满，以及特殊的经历和喜悦。每当此时，我便与他们十分疏远，因为我没与他们一样经历相同的时光轨迹。也许这就是我选择当宇航员必须承受的宿命。

然而，我能肯定，对我这样一个与别人生活在不同时间线上的人来说，即使是一个旁观者，也没有资格介入他们的生活。

接下来我要讲述一位名叫梨湖的女子的故事，若只将之当作旁人的生活方式来聊，定会简单很多。可我下面要说的除了我、梨湖，还少不了一位奈濑进，我们从在宇宙大学读书起就是好朋友。我们常一起喝酒，没酒的话，就在我的出租屋里天马行空地畅谈未来。我和奈濑胡乱地批判现有的社会体制，得意地吹嘘自己统治宇宙的梦想。而梨湖就在一旁面含微笑，静静倾听。

梨湖、奈濑进，还有我，都是同年级同学，可梨湖还像一个小姑娘。她坐在窗前，低着头认真地听着我们谈话。那时，她的眼睛还像孩子一般清澈，丝毫没有被社会的黑暗以及成年人不得不正视的丑恶所污染。

她就是个天使——这是她给我的第一印象。

我认识梨湖也是通过奈濑。那时我刚进宇宙大学一个礼拜，我跟奈濑同上无重力生物学，有一次我去他的出租屋，他突然介绍梨湖给我认识。当时我们正在屋里闲聊，一个小时后，梨湖很偶然地过来玩。因为突然有异性来访，奈濑好一阵手忙脚乱，他一反常态地要请人家"喝茶"，匆匆收拾好屋子，就去烧水。当然，奈濑屋里并没有什么像样的杯子，只好把梨湖带来的茶叶倒在了方便面盒子里。

奈濑红着脸介绍梨湖给我认识。不就是个女朋友吗，奈濑紧张得实在有些滑稽。

"我们从小就认识。梨湖今年也跟我们同级。"

"小时候都是小进带我去幼儿园的，每次被人欺负，他就会第一时间跑来帮我。"

奈濑的脸红了好久。

我再笨，也能看出梨湖瞧奈濑的眼神有多炙热。他俩互相都有好感。

在我看来，梨湖不但样貌秀美，而且文静朴实。这么个好姑娘，简直便宜了奈濑那小子。

打那以后，我们仨就经常在一起玩——夏天去海边游泳，考试前挤在一块儿开夜车，秋天又租车出去兜风。三个人一道打工、滑雪，非常开心。然而，有一天我突然发现自己已不知不觉间把奈濑当作情敌了。我格外在意起梨湖来，当然，我很有分寸，尽量不露痕迹。

而奈濑实际上也相当豪爽，客观地说，他和梨湖的确般配。可自私折磨着我的内心，强烈的嫉妒叫我羞愧，我甚至开始讨厌自己。

奈濑并没有留意我的变化。一天，他来找我商量，坦言了与梨湖的关系。

宇宙大学毕业以后，入职宇宙省，然后到地球以外的地方执行任务。这是我们九成同学都希望走的一条路，我自己也是一样。奈濑之前也很想进宇宙省，可现在动摇了。他在犹豫是否该选择地勤。他爱梨湖，梨湖也爱他，若要一起生活，去外星工作显然对她不合适。他们考虑可能会出现外太空分娩、子女教育以及丧失社会性等问题。

奈濑和梨湖彼此相爱。

这我早有预感，尽管这预感中不乏紧张与焦躁。然而，当奈濑面对面地与我谈起这个话题时，我的感觉很奇怪——我竟能冷静地控制住自己，虽然有一瞬间我的心跳明显加快了。我完全清楚奈濑的顾虑，却也想不出什么对策，只一味地张着嘴，嗯嗯、啊啊地附和。

就在我不知说些什么的时候，奈濑说梨湖已经答应跟他结婚了。

我给不出什么建议，看到奈濑面临毕业忧心忡忡，便答应会帮助他俩，还吞吞吐吐地向他表示了祝贺。

之后我们仨再见面时，奈濑就告诉我，他已经决定留在地面负责通讯工作了。梨湖依旧如常，并不像我预想中的那样与奈濑形影不离，这多少叫我有些放心。

悲剧却在最后决定去向前发生了。

奈濑丧生于一场事故之中，这事谁都没想到。

他是在环境训练中，因维持生命的装置内部失火窒息身亡的。那是一个人工的真空超高温环境，他进到一个壶状的装置中进行操作训练，装置突然失灵，等从训练室抬出来时，就已经断气了。那节课我没去上，不幸的是，梨湖当时就在现场。

问题应该出在电线短路和控制装置故障两方面。梨湖疯了似的紧紧抱着奈濑的尸体。这我很容易想象。

梨湖好几天都没有来学校。那场事故瞬息之间剥夺了她活下去的希望和目标，无疑给她的精神留下了重创。

奈濑的死对我也像是在心上扎了一个窟窿。我不信。依稀觉得他还会来推我进屋，嚷嚷着："来，喝一杯。"耳边回荡着他常唱的汉克·威廉姆斯的乡村歌曲。同时我又觉察出自己正因为想到梨湖将不再属于奈濑而松了一口气，我便更讨厌我自己了。

一天，我直接去出租屋找了梨湖。她毕业后的去向还没定，几天不见，不知道她是否病了。梨湖的房门没锁，窗帘也拉着，她蜷缩在屋角。我喊了她一声。

"阿进吗？"黑暗中她的声音阴森可怕。

我猛然醒悟到，我必须让她正视现实，唯有让她坚强地跨过这道坎，她才能恢复。我采取了"以毒攻毒"的方式。

"奈濑进已经死在训练中了。你亲眼看见的。你再怎么伤心，他也回不来。"我说得很淡定，心里却翻江倒海地难受。我多么想和颜悦色地安慰她啊。

"我知道……"

趁热打铁，我又抛出一句更严厉的："马上就要定毕业去向了，你再不振作起来，阿进也不会开心的。要是男人碰到这种情况，说不定早去外国部队报到了。"

说完，我走出了她的屋子。

我真的没想到。我当时只想让她振作起来，就算她恨我也无所谓，所以才会那么说。可得知了她的去向，我还是吓了一跳。梨湖撤回了地勤申请，提出愿意前往金牛星系 7γ- Ⅲ号驻人观测恒星站服务。一个刚刚二十岁的姑娘啊……虽说是驻人观测恒星站，但也只有一个名额，人类文明根本无法到达。况且这个恒星站已经几十年没有人驻守了。

　　梨湖的请求很快获得批准，而我也接到了边境地区星域宇宙巡航的任务。当时我内心的震撼简直无法形容，因为我没法判断她的决定是否出于真心。只是，我们还有机会定期见面，这让我稍稍好受了一些。我负责巡航的区域中也包括金牛星系。我打算今后每次碰面都为她打气加油，倘若她还想回到地球上过普通人的生活，我将尽我所能去帮助她。这是我对阿进和她该尽的义务，只要能让梨湖再次展颜微笑……

　　正式工作后，我才知道一切比我想象的要严酷得多。我得给自己负责的区域提供所需的补给。虽然有机会定期跟梨湖碰面，但我负责了三十几个观测星站，即使以亚光速在这些星球之间飞行一圈，也要花上几年时间。

　　梨湖供职的金牛星系 7γ- Ⅲ号恒星的环境也十分

艰苦。远古时代，那里的地表曾全部被海水覆盖，如今海水退去，整个星球没有一丝生命迹象。地表上覆盖着矿物盐，成为一个盐的沙漠，类似暴风雪的极寒盐暴每隔几小时就刮一次。

我们只能称其为死亡之星、疯狂之星。因此光读一读有关7γ-Ⅲ号恒星的介绍，就不难理解梨湖前任的离职是因为得了精神分裂症。我已经拦不住梨湖了，谁都动摇不了她的决心。

梨湖的任务是观测7γ-Ⅲ号驻人恒星上的氢电波、星际物质和重力场。这颗恒星自她的前任离开后，已经荒废了几十年，到梨湖接任时，观测点已是一片废墟。

等我完成金牛星系其他星域的补给工作，第一次飞到梨湖所在的7γ-Ⅲ号恒星执行定期补给任务时，我感慨万千。我一离开宇宙飞船，热风就毫无悬念地扑面而来，即使罩在生命维持装置中，也能感到外界矿物盐所反射的光和热足以叫我浑身湿透。我的眼前出现了那个类似碉堡的圆顶建筑，或许因为长期受到矿物盐的侵蚀，它的表面布满了一层层深色的铁锈。梨湖就独自住在这里，过着与世隔绝的生活。

大概是梨湖的前任写的吧。我看见入口处刻着几个稚嫩的字："入此门者断缘绝念。"

起先我还有些忐忑，不料梨湖竟对我十分热情。

　　　　　　　　名叫梨湖的虚像

我还没把生命维持装置卸下，她就在气密室的入口欢呼起来。我没想到她会这么开心。很快梨湖就喊我吃饭，还开了香槟。

梨湖一口气向我介绍了她的工作环境、住处以及观测用的大型电脑无线电设备。她告诉我盐暴有多可怕，户外星际物质分析机的状况和无线电设备的通用性能等。看来梨湖很满意现在的工作，迷上了这里。

"7γ-Ⅲ号本身就是一个能量源，就像电池一样。这里的矿物盐主要是硫酸盐和过氧化铅，所以可以不断地充电和放电。兴许盐暴就能充电。如果我们把电脑设备接上，它就可以一直工作下去。另外设备自身也有修复功能。嗯，等我有空，就着手弄一下。"

梨湖提到的盐暴，总是与雷电同时出现，恐怖程度完全超出了我的想象。

"其实很漂亮的，如果没那么大声的话。雷电就像蛛网一样罩住整个天空，真是大自然的杰作，太震撼了。"

梨湖丝毫没有提起奈濑进。如果她不提，我自然也不想讲。

饭后喝咖啡时，我向梨湖提了一个建议，这也是我们的一项任务。

"你还需要些什么吗？刚才我检查了一下你这里的器材。你自己还有什么需要吗？比如游戏机、生活用品之类……男人都比较粗心，宇航员就更不谙世事，如果有什么我没想到而你又正好需要的，就直接开口。"

"嗯……"梨湖侧着脑袋，难为情地想了想，"现在有这个无线电设备陪我玩……那么，如果有关于地球的详细资料的话，下次带些过来吧。比如说有关地球气候、生活、教育、烹饪、政治、风俗习惯之类详细记载的资料。走出地球，才第一次觉得有时间可以好好研究一下它的方方面面。"

我笑着点了点头，这点要求，一定可以满足她。

我仔细打量起她的住处，刚才一直因为重逢而激动，滔滔不绝地聊了半天，都没来得及四处看看。

我们正身处紧连入口处气密室的客厅。说是客厅，其实它后边就是电脑室，中间没有门，是相通的。屋内有一个功能很齐全的小型厨房兼食物供给装置，再有就是通往圆顶建筑二楼眺望室的螺旋状楼梯，它安置在房子中央，十分醒目。至于室内装饰，就是梨湖从地球上带来的一些干花，挂在书架那边，此外再没有别的了。

"怎么样？有什么感想？"被梨湖这么一问，我不由得结巴起来，总不能跟她说"这里好单调"吧。

"入乡随俗。"我笼统地说。梨湖扑哧一笑，走进了对面的电脑机房。

"要不要看电影？前任留了一些片子在这里，可以投影到这个屏幕上，《马耳他之鹰》《卡萨布兰卡》《浴血金沙》《千惊万险》《盖世枭雄》，我都没看过。要不我们听音乐？"

我点了点头。

屋内响起了汉克·威廉姆斯的歌声，只不过唱的不是乡村歌曲，而是披头士的曲子《附注：我爱你》（P. S. I Love You）。

"这……"我有些意外。汉克·威廉姆斯怎么会唱披头士的歌？

梨湖狡黠地望着疑惑不解的我。

"我做了一个音质合成。我手头只有汉克·威廉姆斯的磁带，所以就把它输进电脑，现在不管是古典歌曲还是演歌，都变成了汉克·威廉姆斯的声音。我都快听腻了。我突发奇想地干了件事，现在看来，当时我确实过于轻率了。"

"也能打发打发时间。我偶尔想起来，就在宇宙飞船里听这个。"我拿出一盒磁带，是大学时，在奈濑的出租屋录的，我跟奈濑，还有梨湖唱的歌。前面有一段我们三个人讲的笑话和笑声，后面是我唱的民谣，奈濑弹唱的蓝调以及梨湖唱的由普雷维尔作词的香颂。每个人唱完后，都会有笑声和另外两个人辛辣的评判（当然全是开玩笑）。

"哇，好熟悉，能借给我吗？"梨湖还记得，她盯着磁带看了半天："那天很热，我们都喝了点廉价威士忌，喝醉了，两三天都没缓过来呢。不过，真是美好的回忆。"

几个小时后，我又要出发了。告别时，梨湖对我说："等你下次定期来访再见。"

我第二次到访7γ-Ⅲ号驻人恒星，是在以地球时间计算的五年后。我这段时间都在执行飞行任务，可心里一直盘算着该怎么跟梨湖告白。上次我一直以为她会自暴自弃，所以脑子里想的全都是该怎么安慰她、为她打气的事，见她那么快活，告白计划就作废了。此外我还记得告别时梨湖跟我的约定，感觉这次我可以不用再顾虑奈濑，堂堂正正地向梨湖坦言我的想法了。

倘若梨湖能够接受我，我们就辞去目前的工作，回地面去……我全都考虑好了。

我心情激动地降落在了7γ-Ⅲ号驻人恒星上。

五年的时间，对梨湖来说似乎并不长，至少从外表上她没有任何变化。

我把答应给梨湖的地球目录交给了她，赶紧做完补给和器材检查。

"你能不能给我装三个 CRT 显示器？我想用在无线电设备上。"

我按照梨湖的要求把配备给电脑无线电设备的正规屏幕安好，心里则一直在盘算该用什么方式，跟梨湖把话题转移到主题上。

"这段时间有什么变化吗？"我打算先结束事务性的工作，便向梨湖确认。

"没什么特别的。每天都是盐暴和热风。嗯……有两次吧，从第三处传来的观测数据我没收到，时间都不长，五分钟左右吧。就在前几天。如果再发生我就跟你汇报，目前还算正常，别担心。"

"是重力波观测机的问题吧。"我边说边按下了重力波观测机的数据接收器，发现上面确实有两处数据中断的部分，一个在半年前，一个则是两个月前。

从信息标牌上看，第三处位于这个圆顶建筑的西北两公里处。

突然，梨湖冲着无线电装置叫了起来："那个第三处之前就常出问题吧？我的意思是从我前任的任上开始。"

我顿时愣住了。

"没，之前没出现过这种状况。"一个年轻男子的声音答道。我觉得这个声音好熟悉。

——奈濑进。

"这声音，难道是？"我不禁叫出声来。梨湖不慌不忙地答道："对。是阿进的声音。我再怎么逞强，终究还是女人。我没法彻底忘了他。"

梨湖从我留下的磁带里分析出阿进的声音，并对它进行合成，用在了无线电装置上。这种对话合成技术不但能细致地模仿出说话人的鼻音、空气摩擦声，连语调和重音都跟奈濑分毫不差。实在太精确了。

"大概最近观测机起了些变化吧。"

我一时不知该怎么回答梨湖的问话。

"啊，真对不起。我事先没告诉你，叫你受惊了。你上次来的时候，借给我的磁带，我把它输入了电脑。现在它从音质到口头禅，都跟阿进一样了……这个星球上它是我唯一的谈话对象，大概没人会想到要给它装一个声音合成器。只是我，无论怎么努力，都没法忘了阿进，有了它就不同了。呵呵……不过我竟然跟一个能模仿阿进声音的机器谈话，很无聊吧。也许是有点傻，可我把阿进，我心中有关阿进的一切都复制到了这台机器里。那天我跟这台机器说，从今天起你就是阿进了。我把所需的信息都输进去了。我所知道的阿进的经历、爱好，以及聊天时会提到的一些往事……所以，现在，这个无线电装置不但具备了阿进的人格，简直就是阿进本人。"

紧接着，梨湖又自嘲地加上一句："这么大一个电脑只向地球传输几种观测数据，太浪费了。我才用了百分之十的容量。"

梨湖转向我："你跟阿进说几句吧。"

我一怔，然后怯怯地叫了一声："喂，奈濑，能听见吗？"

无线电用奈濑进的声音答道："哦，是你呀，好久不见。"

我赶紧又向无线电提了个问题："好久不见。你还记得第一次跟我介绍梨湖的事吗？"

过了大约两秒。

"嗯。那是很久以前的事了。我当时很害羞，连跟朋友介绍自己的女友，心都怦怦跳。那是在开学后的第四天吧。"

完全就是阿进。不过是经过梨湖编辑过的阿进，只具备了梨湖的记忆。

"对。上完无重力生物学，我去你屋里玩儿，那时候介绍的。"

"是吗？这我不记得了。我编辑一下。"听到奈濑的声音这么回答，梨湖大笑起来。

"我当然不会让阿进在被问到他知道的事情时，说不知道，就都编辑成忘了。"

我感觉，自己想对梨湖表白的话，如今都化成碎片，飞到九霄云外去了。原来只有我还误以为梨湖已经彻底忘了奈濑。一旦领悟到这点，我立刻羞愧难当。我太傻了……

梨湖曾拼命想忘掉奈濑，为此她来到天地的尽头，然而在这孤独的星球上，她工作之余，无事可做，自然就会想起死去的恋人。

"那个，方便的话，你能不能跟阿进，不，跟这个无线电说说你记忆中的阿进？比如我不知道的阿进的一些癖好，你们男人之间才会谈的话……目前这个无线电阿进，完全是我记忆中主观臆造的阿进。如果你能跟无线电多说一些其他方面的事，那它就会更立体，你说呢？当然，他不可能百分之百变成阿进。"

我明白了，梨湖之所以这么欢迎我，是因为我和她都存有关于阿进的回忆。

这不也挺好吗？作为奈濑的朋友，我得帮梨湖一把。

那天晚饭时，我破例没顾忌酒量，痛痛快快喝了个够，跟梨湖，还有无线电阿进一直聊到深夜。

至于我是否满意那场谈话，其实我的心情还颇有些复杂。

"对了，我忘了跟你说，我把这个观测站的能量源换了。这个星球自身就有能源，所以仅需充电便能永远存在。很厉害吧。阿进不是总唱乡村歌曲吗？现在他也能唱流行歌曲了，比如《世界尽头》（End of World），唱得还不错呢。"

梨湖也喝醉了，话开始多起来。她从书架上拿出一本影集给我看。影集里几乎全是她和阿进的照片，还有几张我们的合照。

"那时候我们一起开车兜风，一出汽车商场轮胎就爆了。"梨湖指着其中的一张照片。是有过这么件事。

"那个，阿进，你记得吗？"

无线电好像并没有从梨湖那接收过这类信息，始终没有反应。我打起精神，对梨湖和无线电说："那次爆胎太惨了，我们没有带备胎，结果我们仨至少推了两千米。"

我和梨湖都由衷地笑了起来。

我第一次看到了梨湖和阿进幼儿园时的照片，我所认识的他们像都缩小了似的并排站在一起。不知道这两个穿着幼儿园园服的孩子遇到了什么开心事，同时指着照片外面，咧嘴大笑。

无线电第一次谈起了这本影集："知道这张照片上我跟梨湖为什么都在笑吗？"

无线电的摄像头从上往下看着这本影集。

"不，不知道。"我实话实说。

"我记得这是附近照相馆的叔叔拍的，为了逗我们开心，他模仿了好多动物才拍到这张，当时他好像在给我们模仿大猩猩。"

"是呀，阿进。"梨湖很满意地说。

窗外的黑暗中，突然闪过一道光。

"看，夜晚的盐暴。你累了吧？赶紧休息，我也要回屋了。"

从梨湖给我安排的房间，可以看见夜晚的景色。尽管房子隔音效果很好，我听不见任何声响，黑暗中的闪电却像是静物画一样叫我感到气候在急剧变化。

我自言自语道："奈濑对梨湖现在的状态满意吗？"

"说不清楚。"无线电回答说，声音是阿进的。无线电装置存在于观测所的各个角落，就等于整个观测所。

机器用阿进的声音继续说："我的使命就是满足观测所主人的需求。现在的主人似乎对我是阿进这个功能十分满意。如果我身上更多一点阿进的个性，也许主人就会更高兴。刚才主人让你多告诉我一些有关阿进的事和性格。你告诉我，在你眼里阿进是个怎样的人呢？"

无线电机械地向我提出要求。

"这个嘛，"我躺在床上喃喃自语，"他是个好人。"

"好人？"

我自顾自继续说："无论如何，奈濑是真心爱着梨湖的。"

"爱着？"

"是。"

"请给我一些具体的数据。我要从个例中总结出规律。首先，你能给我讲讲'好人'的事例吗？"

我放声大笑起来，心想这到底还是个机器。

"别催我，夜晚很长，让我慢慢讲。"

我第三次来访是在两年以后，这次间隔比较短。正好碰到其他星球上的观测员调动。虽说如此，梨湖在外貌上已经进入了地球计时的三十岁，而我基本上相当于地球上的二十四岁。

不过这次降落搞得很辛苦，我碰到了盐暴。可见之前我的运气都太好了。

要不是梨湖穿着生命维持装置到户外来给我做向导，恐怕我早被刮跑了。而她的生命维持装置也是拿生命绳索跟圆顶建筑拴在一起的。

等进到观测站内部，外面的盐暴就恍如隔世。我和梨湖共同庆贺两年后的重逢，在她的引导下，我到客厅的椅子上坐了下来。我发现墙上新挂了一个大屏幕。

"这段时间过得这么样？身体好吗？我们在外星球的健康受重力影响非常大，据说进入外星的第十个年头特别容易出状况。"

梨湖面带微笑地回答了我的问题，她已经完全成了她这个年龄的成熟女性："谢谢你的挂念，我没感觉哪里不舒服，应该还很健康吧。"

我也回应了她一个微笑。然后转向摄像头说："阿进，你最近怎么样？"这时，放在无线电装置前的巨大CRT显示屏闪了一下，那是我上次来时安装的。

"谢谢关心，我也挺好的。"声音是阿进的。不只是声音，阿进的脸也大大地投影在了CRT显示屏上，"累了吧？好好休息一下。我没法喝酒，让梨湖陪你吧。"画面不是静态的，阿进在CRT显示屏里跟我讲话。这让我产生了一种错觉，仿佛是在跟他视频。

"这……"我想起阿进已经死了，几乎怀疑有人发明了一个可以跟死者通话的装置，这一切太叫我震惊了。

然而，它与视频通话的区别就是，阿进整个人都被投影到了大屏幕上。

"是个虚像。"梨湖自嘲地说。这时，客厅里新挂上的大显示屏闪了一下。这显示屏也相当大，差不多有三米宽、两米高。

大显示屏上映出一个房间，像是跟我们这间房间连着，只不过它属于地球上某户楼房里的一间，装潢摆设都是普通的式样。为了配合我们这间客厅的白色调，房间风格类似地中海。显示屏上的房间窗外有一片连着院子的田园，更远处则可以望见海岸线。

我明白了，这些是从我带来的地球目录上复制出来的画面，所以我感觉眼熟。

"我到那边去。"阿进的图像说。画面上的他正站在书房里，他的身影映在电脑机房的大屏幕上。我仔细一看，画面上的房门开了，阿进走了进去。他慢慢地走到屋子中央，把安乐椅转向我，缓缓地坐了下去。

由于屏幕的下端与墙壁的底边持平，阿进就像真的和我们面对面坐着一样。

"好久不见，你一点都没变。"阿进的语气十分平静。

"啊。"我答道，偷眼瞧了瞧梨湖。她一开始就发现我受惊匪浅，现在更觉有趣。

"这是我从阿进的相片上弄出来的。为了能投影在显示屏上，我输入了好几张。不过，光是图片不好玩，我就把各种表情都拼接了一下，做成动效。照片上没有的，我就让无线电装置自动推算，我再做些细微的修改……阿进，你把脸侧一下。"

阿进慢慢地侧过脸。那一瞬间，他的表情跟我之前看过的照片一模一样。

他不是阿进，我不知道他是谁，却是个跟阿进相貌一致的男生。对梨湖来说，也许这就是她记忆中阿进的全部。

"阿进，对不起，我们还有工作要谈，你先离开一会儿，好吗？"屏幕上的阿进对梨湖笑了笑，走了出去，丝毫没有任何不满。

梨湖转过身来问我："怎么样？"

我没有回答。虽然我打心里觉得有点恶心，可说出来一定会伤她的心。显然，梨湖希望我能好好夸夸她的这番苦心，兴许她还认为我很愿意见到阿进的画像。搞不好她还以为我在吃阿进画像的醋，即便不是，目前我最好还是保持沉默。

"你到底怎么想的？"

没办法，我只好实话实说了，只是没涉及图像："你非常爱阿进啊。"

梨湖轻轻地点了点头。

"就跟中毒了一样。越想忘越忘不掉，既然如此，索性把它用在这个无线电上。我把它做得越接近阿进就越感到虚幻。上次你来过以后，这个装置已经基本具备了阿进的所有个性。对我来说它百分之百就是阿进了，可说到底，我活着，阿进只是个图像，我们天各一方。我并不想狡辩，我说不清楚，总之哪里不对劲。我们俩之间总隔着一道屏幕……我有时甚至会因此而焦虑。"

再怎么接近，这也已经达到极限了。

“可也不是完全没有办法。”梨湖像钻进了牛角尖似的。

我尽量自然地把话题转开，还是不尽如人意。

“那还有别的情况吗？”

大约是体会出我的意图，梨湖赶忙挤出一个微笑说：“嗯……说起来好像第三观测处的观测器材问题有点大。上次将近二十个小时都没接收到那边的数据。如果今后再发生这种情况，我打算更换设备。”

第三处的问题我上一次来的时候就出现过了。

“我帮你换了吧。”这项工作女人来做会很困难。

“没关系。等实在不行的时候，我自己换好了。”

我在前往蜂窝星团的航程中接到消息，说是 7γ-Ⅲ号驻人恒星的信号消失了。不等临时巡航指令发出我就迅速将航线转向了 7γ-Ⅲ号驻人恒星，我一分钟也等不了了。要从蜂窝星团赶过去，最快也得一年半，我上次还是五年前去的。如今梨湖应该已经人到中年了吧。

究竟在 7γ-Ⅲ号恒星上发生了什么？我的脑海中不断出现盐暴、雷电和那星球上疯狂的景象。莫不是她生病了？宇宙病？或者受伤了？我的脑子里净是些不祥的预感。

或许并没什么大不了的，她还会像之前那样冲着惊慌失措的我微微一笑，抱歉地说，不过就是一些通信方面的故障而已。

如果真这样就好了。

等我在 7γ-Ⅲ号恒星降落时，出奇的安静叫我心惊肉跳。干燥的粉末盐在矿物盐上画出了复杂的风纹，随着微风吹拂，它们一点一点变换着形状。这一切在我眼前铺展，一直延伸到视野的尽头。唯一与周遭格格不入的就是圆顶观测站。

我顾不上考虑自己踩到了风纹，破坏了这个星球的美，一个劲向圆顶建筑跑去。

一进入室内我连生命维持装置都来不及脱就喊着梨湖的名字。

没有人回答。

我从客厅找到书房、卧室，所有的房间都找了，却不见梨湖的身影。她消失了？

等我回过神来，已经又回到了气密室的入口。梨湖的生命维持装置也不见了。室外没有她的脚印，只有我的。梨湖离开观测站多久了？一年？一年半。通过椅子上的灰尘我推测。

我在客厅的椅子上坐下，无能为力地叹了口气。从第三观测处传来的数据还在传送。梨湖一定是在去更换设备时遇到了疯狂的盐暴。一想到梨湖的一生如此虚幻，我便忍不住又叹了口气。

如果我能再勇敢一点，向她表白心迹，硬拽着也可以把她带回地球啊。事到如今，即使我想，也再不可能了，一点没办法了。

身穿生命维持装置的梨湖，在盐暴的狂风中挣扎地寻找着通往观测站的路——我的眼前浮现出这一幕。

她太可怜了。

一场事故夺走了她的爱人，为了忍受痛苦，她申请到天际之境工作，却依然无法忘却爱人。她无可奈何地活着，到头来却遭遇意外，丢了性命。

这也太痛苦了吧。这不仅是一个观测员死在了自己的岗位上，在我心中她曾是我多么大的精神支柱啊。

此时此刻，任何人都行，我想找人说说话。我想起了那台电脑控制的无线电装置。我记得梨湖把它的能源连接在这个星球上，可以永远使用。倘若问问它也许能知道些什么。

"阿进，无线电，你能听见吗？"无线电没有反应。我又呼叫了一次："阿进听见了请回答。"我叫了几次，都没有回应。

我发现无线电的输出装置已经关闭。我按下按钮，CRT屏幕上出现了几行字：此程序在观测员与无线电之间停止通话四十八小时后自动开启，其余程序则随即关闭。如今此程序已自动启动九千七百一十二小时，目前仍处于开启状态。

几行字从屏幕上滑了过去。

屏幕上出现了阿进的身影。我禁不住叫出了声："阿进。"阿进跟之前投影在无线电装置上的他不一样了，他完全没有注意到我。他抽着烟斗，正向白色屋里的某个人微笑呢。

很快我就明白他微笑的对象是谁了。

一个女的从画面的另一端走了过来，是梨湖。她在阿进身边的摇椅上坐下，开始织一件还没完成的毛衣。

阿进跟梨湖聊着些什么，不时地相视而笑，可画面没有声音，我无法得知谈话的内容。我注意到梨湖的腹部已经隆起，她身穿孕妇服，满脸幸福。

我对着画面叫了几次，都没有反应。难道梨湖把自己移植到电脑合成的图像中了？我几乎产生了错觉。

我恍然大悟。这是一个虚像，寄托了梨湖一生都无法实现的梦想。它建造在由电脑控制的无线电装置里，是梨湖理想中的世界。

没错，阿进和梨湖现在已经在无线电中共同生活了。这是梨湖在制作阿进的虚像时，发觉做得越真她就越痛苦，从而想出这么个解决的办法。而且，她设计的这个程序会在她发生意外时，自动开启。

她一死，她理想中的世界就启动了。说实话，我真的被她感动了，她竟然用这种形式将她对阿进的爱完整地呈现了出来。她在虚像中，不久就要分娩了吧。而他们的孩子将在永动的无线电内部成长，进入社会，结婚……程序应该会编到这个程度吧。

　　无线电已经完全成了阿进和梨湖两个人的世界。第三者无法介入。为了能让观测站保持原状，我决定向地球谎称它已被盐暴毁坏。这个星球本来也无足轻重，人们很快就会忘了它。

　　离开之前，我突然想到一件事。

　　虽然我没法跟阿进和梨湖对话，但应该能给他们写信吧。我写了一封很长很长的信，把它输入电脑。不过，我让这封信在我离开十小时后到达他们手中。信中我回忆了我们的学生时代，我祝福他们两位，并谈了将来的生活以及我工作的近况。不知道他们在接到这封信时，系统中的程序是如何设计的。

　　我决定几年后再来一次，倘若虚像中的梨湖和阿进都在这里的盐暴中平静幸福地生活，那么这地方一定会成为我永远的绿洲。虽然他们不允许别人打扰，但这点喜悦还是愿意让我分享的吧。再见了，梨湖。再见，无线电。

　　不管它是不是虚像，我都准备看着梨湖的孩子出生。

玲子的宇宙盒

包装纸上印着各种形状的星云图案，上面还扎着漂亮的彩带。这个方盒子边长大约四十厘米。

"谁送的？"

混在一堆结婚礼物中，这个盒子尤其扎眼。

"奇怪。也没有写送礼人的名字，不会是送错了吧？"玲子连衣服都没换，就拿起盒子瞅了瞅，不料它竟比看着轻了许多，难道是空的？

"明天再清点礼物吧，没想到度个蜜月这么累。"丈夫郁太郎坐在扶手椅里疲倦地说。

"可……就拆这个瞧瞧吧。"

丈夫无奈地点了点头。玲子回应他一个微笑，开始去拆盒子上的彩带。

丈夫丢下一句："总得脱了外套吧。"便朝厨房走去。

包装纸包的是一个白色的盒子，就像蛋糕盒一样。盒子外边用金箔写着漂亮的圆体字："宇宙盒／费登森公司制造"。

"好奇怪。里面也没写送礼人的名字。"

丈夫把咖啡递到玲子面前，他去厨房烧水冲了咖啡。

"休息一下，说不定送礼的人太着急，忘了写。"丈夫边说边去拿贺电。

玲子草草喝了一口咖啡，就去拆盒子，等她把里面的塑料泡沫都拿掉，就见到一个透明的方盒子。透明盒子里漆黑一片，仔细朝里瞧会发现黑暗中有些光点。

"喂，过来看呀，盒子里有个小宇宙呢。"玲子把盒子放到丈夫面前。

"哦，室内用的装饰吗？新产品吧。用玻璃纤维，或者比重各异的蜡泡做的室内摆设，类似那种的，我们这两居室可没地方放。等以后搬了大房子再拿出来吧。"

郁太郎对宇宙盒没什么兴趣，他又把视线转到了那沓贺电上。

玲子有些不高兴，丈夫结婚前对自己说的总是很上心。

白盒子里有一张纸条：

宇宙盒使用说明书

盒内装着一个真正的宇宙空间，请置于室内使用。此外，此宇宙盒以人类智慧为动力，无需其他能源即可运行。

注意：请勿触动盒外底部的拨盘。此拨盘为调节盒内宇宙时间所用。如遇次品予以调换，请寄回公司技术开发部。

费登森公司

"就算次品也没法寄啊。"玲子自言自语道。纸条上并没注明费登森公司的地址。

"让我看看。"丈夫郁太郎说。他接过宇宙盒拿起手中的白色油笔在盒子上写了几个字：**我们的新婚纪念 郁太郎·玲子。**

"这样一看到它，就会记起今天这个日子了。"丈夫把字拿给玲子看，脸上挂着幸福的微笑，喃喃地道。

"玲子，盒子也看过了，赶紧收拾一下吧。明天一早我们还要去亲戚朋友那儿打招呼呢，得早点休息了。"

玲子外套还没脱，她看着手中的宇宙盒，用力点了点头。

丈夫郁太郎是一家商社的销售人员，因为跟玲子供职的公司有些业务往来，所以他们常常会在公司碰面。

是郁太郎先提出交往的。他身上具备了销售人员的毅力，谈吐又很幽默，好几次惹得玲子在工作中笑出声来。郁太郎眼神温和，一身小麦色的皮肤，由于读书时曾踢过足球，胸脯格外厚实。

这个人不坏，玲子想。

玲子以前并没有接受过男生的邀约，虽然她对男生并没有多大戒心，挑选对象也不算严格，只是还没碰到令她感兴趣的男生而已。玲子自己不会主动出击，她是守株待兔的那一类女生。因此，条件尚佳的郁太郎一提出交往，她便没有拒绝。郁太郎是她碰到的第一个"白马王子"。

两人第一次约会就去看了电影。郁太郎按着玲子的喜好陪她看了一部爱情片，可玲子并不喜欢。片子一开头就讲男女相识，然后共同经历了平凡又老套的生活考验，最终结为连理。内容大致如此。玲子几次暗中观察郁太郎的反应。郁太郎虽没打瞌睡，可也没多大兴致，只是漠然地盯着银幕。

看完电影，郁太郎带玲子去了酒吧，最初一个小时他们都有些话不投机，直到最后五分钟才找到了共同话题。他们偶然发现两人小时候都看过一个名叫《小飞象》的迪斯尼动画，于是就小飞象聊了差不多一个半小时。最后约定下一次见面的时间，才各自回家。

两个人第五次约会已经是两个月以后了。郁太郎在第五次约会那天向玲子提出了求婚。他说得很直接，属于比较固定的求婚桥段。

"嫁给我吧。"郁太郎说,唐突但诚恳。

玲子并不确定自己是否真的爱郁太郎,只不过有个男人能这么爱自己,那自己兴许也会爱他。况且,即使现在不爱,看他如此专注,终有一天自己也一定会爱上他的。玲子当时就这么想,只是一切都不确定,玲子很为自己的模棱两可而感到烦恼。

两天后,玲子在电话里答应了郁太郎的求婚。至少她并不讨厌郁太郎,玲子的脾气就是这么随和。

"我是销售,下班时间不固定。这一点请你体谅,我也是为了你啊。"丈夫说。这话他结婚前也说过。为了让玲子幸福,为了两个人生活得更好,他必须加倍努力。他就是这个意思。

婚后三个月,丈夫每天都会打电话通知玲子确切的下班时间,往后电话便改为两天一次、三天一次。而玲子始终都会做好晚饭在家里等着丈夫。

丈夫盼着有个孩子,每晚回来都向玲子打听,可玲子这儿一点征兆都没有。

"要是我回来晚了,你就先睡吧。"丈夫说。玲子却没有听从他的嘱咐。

在等丈夫回家的这段时间,玲子既不看电视也不想看书。一天她突然想去阳台看看,纯粹是临时起意。

他们住在住宅区的三楼，站在阳台上往下看，正好可以看见公交车站通往小区的马路。那天午夜十二点刚过一会儿，玲子托着腮靠在刚刚起雾的栏杆上，漫不经心地等着郁太郎。

"他的健康不会出问题吧？每天这么晚，肯定累坏了。"

玲子面前的马路上偶尔会零星地开过一辆汽车。

一辆出租车在他们楼下停了下来，车上下来一位男士，玲子从身量上就看出他是谁了。

郁太郎浑身酒气。"还没睡啊。"丈夫说完，愧疚地上了床，五分钟不到就打起了呼噜。

玲子想丈夫一定身心极度疲惫，她收掉了碗筷。

一个星期过去了，丈夫依旧每天很晚回来。对此玲子并没有抱怨，相反郁太郎倒很内疚。"最近我一直在跟新客户的资料科长打交道，他特别喜欢打麻将。"出门前，丈夫解释道。

这天晚上，玲子仍站在阳台上等丈夫，可不知为什么，今晚她特别难过，忍不住流出了眼泪。她想了很久，终究找不出原因。只有一点可以肯定——她太寂寞了。

玲子忍住泪，抬头望向夜空。

"没有星星啊。"玲子已经好久不曾抬头看看夜空了。如今大气受污染，夜空上已经看不到星星了。玲子不懂这些，她只纳闷自己没有看到星星。

玲子擦干眼泪进了屋。猛然想起了那只宇宙盒。东西还在，就收在壁橱里，上面积满了灰。玲子想都没想就把它拿了出来。

玲子看清楚了许多细节，她第一次看到盒子时都没有注意——这个透明的立方体中，真有一个宇宙存在。玲子家灯光明亮，盒子里却一片漆黑。她把脸凑近了些。

盒子是透明的，边长四十厘米左右，所以透过这个小宇宙应该可以看到它背面的房间。然而，盒子的背面仍是无边的黑暗和无尽的寂静。

"是全息投影吗？"

盒子的中央突然出现了一个巨大的星星，直径大约有七厘米，发着光。这颗大星的周围环绕着十几颗小星，以极其缓慢的速度微微转动。

"好美啊。"玲子不禁感叹。她看着看着，神经渐渐放松了下来。

这天晚上，玲子盯着盒中的小宇宙，一直看到丈夫回家。

第二天，玲子破天荒地上了趟街。虽然她平时总去超市买日用品，可她今天想去书店。书店她家附近没有，必须上街去。

她来到了位于中央街的一家书店，据说这里的书种类比较齐全。玲子买了一本《你想了解的神奇宇宙》。玲子还是第一次对宇宙产生兴趣。她想选一本浅显的、适合初学者的科普书籍，基本了解宇宙盒里的一切。

回到家，玲子立刻如饥似渴地读了起来，那些陌生的星星瞬间开阔了她的眼界，叫她越发有干劲。

晚上，她一边等丈夫，一边盯着盒子里的小宇宙。她把宇宙盒放在小圆桌上，不知疲倦地看啊看啊。

"中间那颗大星就好比太阳，是颗恒星。而它很白，莫非是白色矮星？不清楚。总之一定比太阳古老。那周围环绕的就是行星咯？类似地球这种。"盒中的小宇宙很细微地变化着。围绕在恒星周围的只有米粒大小的行星速度慢得肉眼几乎难以分辨。

"那颗行星旁边还有类似月亮的卫星在跟着转呢。"玲子目不转睛地看着，好像看到了，又像啥都没看到。

"不知有没有流星？"当时她还不知道流星是在地球上才能看到的陨石，是与大气摩擦后燃烧形成的。她只单纯地想许愿，希望郁太郎能多陪陪自己。

丈夫回家后，边吃饭边跟玲子聊了几句，可她的注意力仍集中在宇宙盒上，竟忘了回答。郁太郎苦笑了一下，把一切都归咎于自己回家太晚了。

玲子完全被宇宙盒迷住了。一天晚上，玲子突然冒出了一个想法。当时她把宇宙盒放在小圆桌上，正托着腮看呢，很快她就行动起来。

玲子关上灯，又拉上窗帘，屋里只能看见盒中宇宙发出的神秘微光。黑暗中，玲子坐在宇宙盒跟前。屋里寂静无声，只有恒星的光芒静静地闪烁。玲子全神贯注地盯着盒中的宇宙，恍惚觉得自己就是这微型宇宙中的一分子。然而，她想，说不定这盒中的宇宙就是为她而存在的。

恰在这时，玲子眼前闪过一道拖着白色尾巴的气体。

"彗星。"一颗拖着长长尾巴的彗星在盒中的宇宙划过，受到恒星吸引后便消失了。玲子还是第一次在小宇宙中看到如此戏剧性的一幕。玲子真切地感到："这宇宙是活的。"

她注视着那些星星，心想，自己怎么就这么喜欢宇宙了呢？她不再寂寞，她甚至想到要给这些星星起名字。她用丈夫郁太郎名字中的"郁"字给最当中的那颗发光的恒星起名为"郁之介"，然后顺次将围绕在恒星周围的星星命名为"太郎""二郎""三郎"……其中"太郎"是最大的一颗行星，体积大约是"郁之介"

的三分之一。她发现所有这些行星白天都分外明亮，晚上则是一团阴影。

玲子完全没注意到丈夫已经回来了。

"干什么呢？怎么不开灯？"丈夫开了灯，玲子不由得眯起了眼睛，发现自己已被拉回了现实。

"你又在看宇宙盒？能不能别再弄了？"丈夫气呼呼地说。玲子并没有作答。

"饿死了，有吃的没有？"丈夫把头探进冰箱，今天玲子没有做晚饭。

"没有。"

时钟敲了凌晨一点，冰冷的钟声在屋里久久回荡。

"哦，那我去睡了，"郁太郎一愣，"好了，睡觉，睡觉，明天还要早起。"

听着丈夫的鼾声，玲子又盯着小宇宙看了半个小时。

玲子已经读了十几本天文学书籍，从中学到了不少知识。

宇宙的诞生、星星的进化、各种星云、中子星、黑洞、类星体、客星、双星，这些过去从没听说过的天文词汇，如今都深深地印在了她的脑海中。

"这盒子里的宇宙也跟外面的宇宙一样源于大爆炸吗？"玲子边看书边喃喃自语。电话铃响了，五次，六次，电话铃一直响。

玲子慢吞吞地拿起听筒，那头是一个陌生的女声。

"郁太郎君，在吗？"女人说出丈夫的名字，声音有点沙哑。玲子告诉她丈夫还没回来。

"那您，是他太太吗？是玲子？"陌生的女声说，语气略显生硬。

"是。"玲子答道。

"哦……"电话很快被挂上了。

玲子放下电话，又继续读她的天文书籍。丈夫这天晚上又是很晚回来。晚上，丈夫并没有对始终在黑暗中注视着小宇宙的玲子说什么。玲子不觉想，丈夫虽近在咫尺，但心比这盒中无尽的黑暗还要远。丈夫西装也没脱，就连着抽了三根烟。大概他有话要说，却终究没开口就睡了，这天晚上他们俩一句话也没说。

玲子并不生气，她根本没有把电话中的那个女人放在心上。她确信自己任何人也不依靠。她既不想跟丈夫讲，也没兴趣讲。这天晚上，小宇宙里只有一片寂静。

星期天早晨。

丈夫疯狂地吼了起来："你每天都在吃什么？"丈夫打开冰箱："怎么什么都没有？"玲子这才想起已经

好久没做饭了。她时常去便利店买面包，就靠这些面包度日。

"要洗的衣服堆了这么多。天花板上都结蜘蛛网了。你到底在干些什么？"玲子不作声，也没有看丈夫，她只呆呆地望着盒中的宇宙，丈夫的声音就像远处的狗吠一样虚幻。

不知何时，丈夫已经换好了出门的衣服，站在玲子的身后。

"我出去一下。"丈夫说完走了出去。

宇宙中，有十几颗行星正在排队。以"郁之介"为中心向右，"太郎""二郎""三郎""四郎"排成了一条直线。

"哦，这就是行星的直线排列啊。"玲子不禁感叹道。在这个小小的宇宙中，各式各样的宝石般的行星正在为玲子上演一场行星秀。

"好神奇啊。"玲子起身关上了百叶窗，不让任何亮光透进屋内。她感觉自己也飘浮在宇宙中。她凝视着那些排列得整整齐齐的行星，忽然意识到自己很奇怪。

"那些在'郁之介'周围的行星，也跟地球一样住着生物吗？"她的问题很单纯，"也许吧，那些星星上也有人吗？"一定有的，玲子自己给出了结论。

"那些人中也有人跟我一样在看宇宙盒吧？这盒中的宇宙里有一个类似地球的星星，有一个像我这样看它的人。这盒中的宇宙里有一个类似地球的星星，有一个像我这样看它的人。这盒中的宇宙里有一个类似地球的星星，有一个像我这样看它的人……"玲子不停地念叨着。

丈夫很晚才回家。看到玲子还在看那个小宇宙，丈夫的火气更大了。丈夫把一盒火柴扔到玲子面前。这是一盒情人旅馆的火柴。

"我刚才一直在这种地方。"

玲子依旧一言不发地看着小宇宙。

"你就没一点反应吗？没一点想法？"

玲子面无表情，感觉一切都离她那么远。

"你总是这个样子，好像那盒子里的宇宙比我还重要。你为什么不怪我？我有外遇你也不在乎？赶紧把那玩意儿给我扔了。"玲子的冷漠更叫丈夫觉得自尊心受到了践踏："我在跟你说话呢，看着我。"

"……"

"什么啊，这玩意儿？"丈夫猛地把宇宙盒甩了出去。宇宙盒从小圆桌上掉下去，一直滚到了墙边才停下。这是郁太郎第一次在玲子面前动粗。

玲子慢吞吞地把宇宙盒捡起抱在怀里，却没发现盒子在落地时，底部的拨盘动过了。

时间在宇宙盒里飞快地逝去。

玲子把宇宙盒像个娃娃似的抱在胸前，她朝盒中望去。

郁之介……那个白色的恒星不再发光。不，恒星不见了。

"宇宙盒摔坏了。"玲子说。她的语气不带一丝感情，也没有抑扬顿挫。

——一切都完了。

玲子瞬间产生了这个念头。

丈夫不再说话，夫妻俩就这么默默地对坐着。郁太郎已经连着抽了好几根烟。玲子则盯着盒中的黑暗，"郁之介"周围的行星如今都沉浸在黑暗中。

这时，盒中突然起了变化。

颗围着恒星运转的行星被黑暗吸了进去，像是吸进了恒星所在的方位。紧接着周围的行星一颗一颗都被吸了进去。

"小宇宙还活着。郁之介成了黑洞。小宇宙里的恒星一定是缩小到了史瓦西半径。"玲子想到她读过的天文学书籍中有这种说法。

小宇宙里的黑洞把周围的行星都吸走了，质量增加使它也变大了。正常情况下宇宙需要经过无法想象的漫长时间才会发生这种变化。可现在小宇宙里的时间被拨快了，彗星、流浪行星、巨大的恒星都被曾是"郁之介"的星星所形成的黑洞吸了进去。

原本放在桌上的情人旅馆的火柴穿过透明的盒子，被吸进去了。

"怎么回事？出什么事了？"丈夫惊叫起来。

丈夫嘴里的香烟被盒中的宇宙吸进去了。

小圆桌开始震动，发出响声。报纸、碗、时钟都被盒中的宇宙吸进去了。

发着白光的恒星"郁之介"因为时间流逝的加快，成了一个黑洞。在超重力的条件下，小宇宙里的星星一个一个被吞噬，从而增加了它的质量，使它变得更大。不仅如此，它的影响力已经波及了玲子的家里。

丈夫紧紧抱住屋里的柱子，哭喊起来，他至今还不明白到底发生了什么。电视机、音响、电冰箱都像被一个魔法袋子收去了一样，一个接一个地被吸进了盒中的宇宙里。

而玲子一点都不害怕。这是她对小宇宙里的丈夫的报复。她始终这么认为。等到玲子看见丈夫只留下低低的哀号，被吸进盒中时，她自己也跳了进去。玲子被吸进了盒中的小宇宙，她这才意识到一切都是命中注定。

太阳系。

一只小小的盒子浮现在地球曾经存在过的地方，它是一个边长为四十厘米的正方形，上面写着几个白色的字：

我们的新婚纪念。

郁太郎·玲子

字迹清晰可辨。

不用说，这盒子里也存在着一个宇宙。

曾经，"人"对尼那……

甲壳车在经过镀银处理的平地上滑行，周围看得见遥远的地平线。一对瓦鲁安人父子正在滑行的车内闲谈。为了抵抗车翼震动发出的噪声，孩子提高了嗓门："爸，今天甲壳车喂得太饱了吧，翅膀的声音太吵了。"

甲壳车是一种甲虫，全长约十米，头部有一个可以载人的小屋，里面装着操控车辆用的制动装置，整个小屋罩在一个透明罩子里。

"跟平时的量差不过啊……"父亲自言自语道。

"是吗？"孩子咕哝了一句。

父亲眯起没有瞳孔的眼睛，朝孩子看了一眼，推了推制动装置的把手。车一加速，孩子就大叫一声，结实地倒在了座椅上。

"庞切斯特，没事吧？快到了。"庞切斯特是这个瓦鲁安孩子的名字。

"嗯。"庞切斯特点了点头，他的脸雪白雪白的，等他再长大一些，兴许也会像父亲一样全身变绿。而此刻他的皮肤仍白得透明。

车继续飞快地滑行。

"等到了 CA 城，爸爸大概就没法细心照料你了，庞切斯特，你能照顾好自己吗？"听父亲这么说，孩子轻轻点了点头。

"没事，你马上就成年了，再说也是你主动提出要跟爸爸出差的。"父亲伸出细长的舌头在鼻尖舔了一下。他天生有这个毛病。

"爸爸晚上没事就回住处。不过白天都得开会。那附近有个保护区，你可以去参观参观。如今也只有 CA 城还保留着保护区，你去看看，以后跟朋友就有话说了。"

庞切斯特接受父亲的建议，他向窗外看了一眼。窗外是一望无际的平地，发着暗淡的光芒。经过镀银处理的道路一直通向 CA 城，三毫米的银箔涂料让道路表面始终保持恒温。父亲告诉他，这里的气候条件跟瓦鲁安并无二致。

庞切斯特对他自己的母星并不熟悉。从他出生、懂事到长大都住在这个球，即多尼·瓦鲁安星。"多尼"在瓦鲁安语中就是"第四"的意思。

"你妈妈很担心你呢。"父亲对庞切斯特说。

"因为这是我第一次旅行。"爸爸点点头，摸了摸庞切斯特的脑袋。甲壳车的震动声似乎没那么响了。

"快看，CA 城。"地平线处出现了一道影子，是一条街道。不过庞切斯特从没见过这样的街道，地面上耸立着无数奇形怪状的突起物。街道就藏在突起物中间，而突起物的顶端还都覆盖着无数绿色的碎片。

保护区竟和街道同在一处。庞切斯特光看着就仿佛置身于潮湿的空气中似的，觉得寒气逼人。

"怎么了？脸色这么难看？"父亲说，"不带你来就好了。这里是这个星球上唯一还保留着自然景观的地方。据说有些瓦鲁安人一看就头晕目眩。"

"不，没关系。"庞切斯特回答，同时也确实感到CA城与他们完全是不同的世界。

他们刚到住所，父亲就接到了指令。父亲放下行李对庞切斯特说："爸爸马上要去参加一个会，你就在附近转转吧。"庞切斯特已经在窗边眺望屋外的景色了，他转过脸来朝父亲点了点头。

"爸，你去做什么？跟CA城有关吗？"

"是啊，很快就要对CA城的问题做决定了，爸爸得去帮他们出些主意。保护区的人类已经濒临灭绝，还要不要留着保护区，或者彻底将它并入瓦鲁安星球？我们得选出一个方案。目前这里的收入都源于人类与保护区的旅游业……"

"哦。"庞切斯特的注意力被窗外地面上突起的物体吸引了。它们跟在甲壳车里远远看到时一模一样。形状都是褐色棒状，顶上长着许多绿色碎片。它们都是人生活所需的吗？与人息息相关？父亲一会儿就是要去讨论这些奇怪的物体？

"那爸爸去开会了。肚子饿就去一楼食堂报爸爸的名字，吃些东西。"父亲出去了，庞切斯特在窗边微笑着目送父亲离开。

庞切斯特再次把目光投向窗外那些奇妙的景物。楼下大路上有很多瓦鲁安人，看样子都是些游客。这些拖家带口、跟着旅行团前来的瓦鲁安人边走边新奇地打量着那些顶着绿色碎片的突起物。大路的前方，则是甲壳车的停车场，再往里甲壳车就进不去了。那些绿色碎片看起来就像一面墙。这里不计其数的特殊突起物都覆盖着绿色碎片，从地表往外伸展，形成此地才有的墙壁。

所有的东西都吸进墙中，不知墙内到底藏着些什么？庞切斯特想着。他隐约记起父亲曾说过保护区里有人类居住。难道人都住在绿墙里吗？

庞切斯特环顾了一下自己的房间，他记得临出发前，父亲曾跟母亲说："我们的宿舍听说是由过去人类的住房改造成的，很好奇吧？兴许庞切斯特会吓一跳呢。"

对啊。这里曾是人类的居所。

——人类，个子很高吗？

庞切斯特想。这屋子的房门比他家里的要高1.5倍，镜子也比父亲高很多。即使是刚才来时走过的楼梯，他都得跨很大步子才能爬上来。庞切斯特躺在人类曾坐过的沙发上，他感觉天花板好高好高。

"我上外头看看吧。"庞切斯特咕哝了一句，爸爸得好久才会回来，老待在屋里太无聊。不趁机把该参观的都转一遍，那来这一趟还有什么意义？

庞切斯特从沙发上跳了起来，弹到了地板上，他一旦决心出门便再也坐不住了。他按了一下装在屋角的导游机——向您提供有关CA城的全部导游资讯：线路一，保护区观光路线（门票400卢帕，儿童150卢帕）；线路二，人类博物馆路线（门票200卢帕）；线路三，CA城家乡菜路线（每位2500卢帕）/人类博物馆旁的阿斯塔，甲壳山贼烧需要预约……

导游机里跳出了很多干巴巴的路线介绍。庞切斯特把手从机器上撤了回来，画面也跟着消失了。

"我自己瞧瞧去。"这样还更快些。庞切斯特想着，下了楼。好奇的他很快就走到了外面的马路上。这位瓦鲁安少年夹杂在游客中，在街上闲逛起来。刚才从窗前看到的景物，如今近在咫尺。一个巨大的圆筒形物体从地面上升起来，直冲天空，顶部分出好些枝干。这些枝干又继续分开，每根枝干上都有许许多多的绿色碎片。圆筒上挂着一块牌子，上面用瓦鲁安语写着"植物"（生物）。

庞切斯特没有想到这东西居然是活的。它既不会动又不会跳，一动不动，却是这里特有的一种生命啊。原来它叫"植物"，那"人类"也长这样吗？

庞切斯特轻轻触碰了一下"植物"，感觉有点粗糙，还怪凉的。庞切斯特赶忙收回手。他仔细端详了一下挂着的牌子，看到下面有几行小字：白天将二氧化碳转化为氧气，晚上将氧气转为二氧化碳，从地上取水。

好奇怪的生物啊。庞切斯特觉得不可思议。它为什么活着？有什么意思呢？

庞切斯特离开了植物，向墙壁走去。那里应该就是保护区了。他的左边正好是甲壳车停车场，几十辆甲壳车都在安安静静地吸着蜜糖。其中有几辆身量十分巨大，约莫可以乘坐十个人，已有二十米长了。

停车场中央放着一个大罐子，罐上配有几十根管道，统统都通到甲壳车嘴里。这些管道中应该有很多合成蜜，吸食蜜糖的甲壳车都十分乖巧。停车场的另一头停着一架小型宇宙飞船。庞切斯特听说他父亲也是坐这种宇宙飞船到多尼·瓦鲁安星球来的。

原来庞切斯特看到的墙壁都是群生的植物。一旦走进去，马路就变窄了，游客堵在了小路上。庞切斯特从游客中钻了过去，矮身进了保护区的大门。

保护区大门中央有一层透明薄膜，将其与外界隔开，因为外边有植物形成的墙壁，所以从远处并不容易发现。

商店里有翻译机租给游客。小贩把可以装在耳朵和嘴巴上机器递过来，说："要想参观人类，就必须佩戴翻译机。否则就搞不懂多尼·瓦鲁安星球的来历。租金才五卢帕，出保护区时还回来就行了。"

游客们纷纷上前租借翻译机，庞切斯特想了想，也租了一个。

"植物"的种类很多，有的长着细长的绿色碎片，有的则是黄色的，有的绿色中甚至还夹杂着粉红色的圆球。

"好漂亮啊。"庞切斯特不禁赞叹道。就连地上也长满了绿色的物体，庞切斯特边走边欣赏这些种类各异的神秘"植物"。游客似乎都在朝一个建筑物走去，那是一个很多"植物"的圆筒状部分集合在一起的建筑，通体都是直线，跟之前"人类"使用过的宿舍十分相像。瓦鲁安人都聚集在那儿。

大家围成一圈，庞切斯特立刻感觉出圈子中有

"人"，他飞奔过去。挤进人群，往前走，庞切斯特听见了一种奇妙的声音，一定是"人"发出的。庞切斯特赶紧把翻译器戴在耳朵上："所以呢，这颗星球——地球污染得太严重了。如果瓦鲁安人不出手相助，地球人已经把它弄得没法住了。"

庞切斯特钻到了人群的最前列，在那里，他第一次看见了"人"。

"人"好大啊。这个身体比父亲的两倍还大的"人"正俯视着大家。他的样貌嘛，脸的下部长着很多白丝，两只眼睛上面也有，肤色也与瓦鲁安人不同，有些红。裸露的脸上还有许多皱褶。

庞切斯特特别留意到了"人"的眼睛。这人眼睛中间有个黑色的东西，这东西一动，就可以知道他在看什么和想看什么。

"人"并没有看他们，说话时一直眺望着远方。

"以前这儿有很多人，很多很多，地球上住满了人，直到瓦鲁安人来到这儿。瓦鲁安人不费吹灰之力就把地球打扫干净了。地球人不理解瓦鲁安人，就发起攻击，可细细想来，这种攻击完全没有意义。如果地球人能试着去理解瓦鲁安人，那大家就可以和平共处了。到头来就剩下我一个地球人了。如果大家都能跟我一样，早点儿了解瓦鲁安人，那他们也会像我一样，成为你们的朋友。""人"说话时，完全不看庞切斯特，不，他没有朝游客看过一眼。他继续开口道："倘若没有瓦鲁安人，也许我至今都不能平静地生活。我感谢你们。是瓦鲁安人给地球带来了真正的和平和新的秩序。"

一个游客叫了起来："你的同类都被杀了，你还感谢我们？"几个年长的瓦鲁安人大笑起来。笑声持续了一会儿便戛然而止。这回，"人"缓缓环视了一下众人。庞切斯特发现他的眼睛正看着自己，他感觉自己在发抖。

"人"说："是。我谁也不恨。这就是地球人的宿命，我感谢给了我平静晚年的瓦鲁安人。"

人群中再次哄堂大笑。

"他的命挺长啊。听说'人'的寿命大约是七八十年，他好像不止。"庞切斯特听到有人议论，那人面带讥笑，"'人'一旦落单就巧言令色，其实残暴得很，动不动就蛮不讲理地攻击别人。别信他的。"

"他大概受过驯化，说不定什么时候就会恢复野性。"说着他将录像机转向了"人"。"人"拿起一个用一段"植物"做成的棍子，慢慢地往前走了两三步，坐在一块"植物"根部的石头上，声音低沉地向众人说："大家还想问些什么吗？"

游客窃窃私语起来，却没有人提问。

"看来没什么问题了。"游客们围在"人"身边，很快就安静下来。他们都不知道该问些什么。

"那个……"庞切斯特禁不住开了口，顿时众人的注意力都被集中了过来。

"哦，娃娃，你想问什么？""人"的语气很和蔼。

"那……那个……您真的是这颗星球上最后一个'人'吗？"

"是啊。过去都管这儿叫地球，现在就只有我这么称呼它了。除了我，其他人类全死了。""人"答道。庞切斯特幼小的心灵体会到他话语中的温情和寂寞，就连有些陌生的黑色瞳孔，也叫他觉得纯净。

"就剩下你一个'人'，不孤单吗？"庞切斯特又问。他总觉得没有同伴，"人"一定很寂寞。庞切斯特发现"人"突然沉默了，他盯着庞切斯特，好一会儿才慢吞吞地开口道："你问我是不是孤单？我不孤单。我有你们大家。瓦鲁安人每天都会来看我，跟我说话。你们都是我的朋友，我怎么会孤单呢？"

庞切斯特不相信。他想如果只剩下他自己，即使每天身边围着一大群人，也一定不好过。这时他身后有人提问。

"那你吃什么？和我们一样吗？"口气很粗野。

"以前嘛，吃鱼吃肉，吃蔬菜……现在是人造蛋白、人造脂肪……还有这个保护区里可以采到的野菜。""人"回答说。

"你们瞧，"提问的人提高了嗓门，颐指气使地说，"'人'就是'人'，这人现在还在吃'植物'这种恶心的东西。算了，他居然还谎称是我们的朋友，太可恶了。"

游客们哄笑起来。"人"坐在石头上，脸上毫无表情，他没有说话，双眼直勾勾地盯着庞切斯特。笑声叫庞切斯特浑身不自在，他后退了几步，躲进了人群。笑声还在持续。

庞切斯特发现了一面墙，是那个用"植物"圆柱部分建造的人类住所的墙。墙上有窗，窗开着，隐约可以看到屋里的一切。庞切斯特起先看到屋角挂了一幅画，不是画，像是录像机中选出的画面，装在"植物"材质制成的方框里。画面像是很久很久以前地球即多尼·瓦鲁安上的风景。有三个"人"坐在地上密密生出的"植物"上。他们跟庞切斯特见到的"人"不同，脸上都没有皱褶，尤其是头部。多尼·瓦鲁安上仅存的"人"，下巴和双眼上有许多白丝，头上却没有。而画面中的三个年轻人，头上都长着黑丝，叫庞切斯特很别扭。特别是当中那个，黑丝一直从头上延伸到肩膀，似乎属于另外的种族，胸部也较其他两个更为肿胀。

庞切斯特又看了看另外两位，他们彼此搂着对方的肩膀，表情愉快。庞切斯特觉得左边那个"人"的眼睛很熟悉，那是一双温和、纯净的黑眼睛。

——是他，是他年轻时候的样子。庞切斯特明白了。

"土著，你少侮辱我们了。"庞切斯特听见有人大声说，他赶紧转过身。"什么瓦鲁安人的朋友。少恶心了。"笑声四起，庞切斯特急忙又钻回了人群。

"人"依旧面不改色地坐在石头上，既不笑，也不难过。

骂人的不过是游客中的个别几个。"人"身旁站着管理保护区的瓦鲁安人，此时正在劝慰游客："如果您看厌了的话，请去别处吧。后面还有游客在排队呢。"

"臭土著。"有人叫着扔出了样东西。翻译器擦着"人"的脚，发出清脆的声响，滚了过去。紧接着又有一个给录像机充电用的一次性磁盒砸在了"人"头上。

"人"依旧一动不动，既不生气也不伤心。只有保护区管理员紧张起来："请大家上别处去吧。'人'需要休息了。"

游客们闹哄哄地散去了。"好了，'人'，你也回去吧。"管理员像看到狗屎似的朝"人"吼道。"人"缓缓地站了起来。庞切斯特仍留在原地。"人"的目光再次与庞切斯特相遇，他的眼里不带一丝情感。"那个……"庞切斯特欲言又止。

"人"转身进了自己的家。而庞切斯特始终站在原地，目送着他。

等庞切斯特回到住处，西斜的太阳已经完全落下。父亲回来了，正在"人"用过的镜子前穿他的礼服。"怎么样？庞切斯特。见识了不少千奇百怪的东西吧。"父亲愉快地说，用细长的舌头舔了舔鼻子。

"嗯。"庞切斯特尽量让自己显得很兴奋。脑海中却充满了说不清道不明的郁闷。

"怎么了，庞切斯特？好像不开心嘛。"父亲又照了照镜子，兴高采烈地转着舌头。

"嗯，大概白天玩累了吧。"

"是吗？"父亲并没把庞切斯特的回答放在心上，"爸爸还得出去一趟，一会儿有欢迎晚宴。一起去吗？"

"不，我就不去了。"庞切斯特答道。他现在根本没心情参加什么晚宴。父亲也没再追问。

"那你晚饭怎么解决？"

"现在还不饿，一会儿想吃了，就下楼吃点。"

父亲听了，点点头，说："晚宴不止爸爸一个人，有上百人出席。我尽量早点回来。你要是累了就先睡吧。"

庞切斯特点了点头。父亲朝他笑了笑，又伸出舌头舔了舔鼻子。

父亲离开后，屋子里就只剩下庞切斯特了。他躺在床上，闭上眼睛，努力叫自己别胡思乱想。而他的眼前总出现白天见过的"人"的那双猜不透的黑眼睛。庞切斯特赶忙转移思绪，"人"才不再出现，于是他翻了个身。

他的脑海里浮现出从"人"住的屋外看见的那幅静止画像里的三个人，还有游客扔的翻译器。各种景象混杂在庞切斯特脑海里，此起彼伏。他不禁叫了声爸爸，可父亲已经去出席晚宴了，庞切斯特只好叹了一口气。

一直到庞切斯特下楼吃饭，他还能感受到那个"人"的目光。庞切斯特回到房里，就在关门的一刹那，突然决定——再去会会那个"人"。

决心一下，庞切斯特就再也坐不住了。窗外夜幕已经降临。庞切斯特从来没有经历过黑暗，在他居住的城市，无论何时何地，周围都亮堂堂的。如今他看到了"人"所说的"地球"的黑暗。

庞切斯特并不害怕，他心里有更重要的事，仿佛一种责任感。

他走出了住所，凭着白天的记忆在黑暗中行走。天太黑了，庞切斯特几次被植物绊倒。甲壳车都歇下了，停车场上除了车翼上放出的黑光和车子特有的轻微震动以外，别无一物。

庞切斯特拔腿就跑，他怕黑。然而，他首先想到的还是要朝有"人"的地方跑。

保护区的门已经关了，是那种老式开关的大门。庞切斯特趴在地上，好不容易才钻了进去，要是大人的话，这个门缝就太窄了。

管理员办公室里没有人。庞切斯特确定了这一点后，就找到了"人"的住处。庞切斯特拨开"植物"，慢慢地往前走。

"哇。"庞切斯特禁不住叫了起来，有个"人"挡住了他的去路。庞切斯特跌坐在地上，仰头去看。这个"人"不像白天见到的那个。他更年轻，一动不动，甚至根本没看到庞切斯特，依旧站立着。原来是标本，保护区的展品，放在户外做装饰用的。他跟庞切斯特，以及其他瓦鲁安人一样没有眼珠。

庞切斯特战战兢兢地围着人像转了一圈，又拔腿跑了起来，等到一些"植物"把他撞得浑身伤痛时，他才看到了光亮。庞切斯特直觉地感到光亮就是从"人"的住处发出的，好几扇窗户里都有。

　　　　曾经，"人"对尼那……

庞切斯特凑近窗户，光亮的轮廓就更加清晰了。他看到十米左右的地方，有个影子遮住了窗户，一定是"人"，准没错。

庞切斯特停下脚步，他不知道该去说些什么。自己深夜到访，"人"会有什么反应？该说些什么？要道歉吗？为什么要道歉？为白天游客的行为？自己有这个资格吗？

事实上，"人"应该很讨厌我们这些瓦鲁安人吧。庞切斯特放慢了脚步，他不确定自己就算走到"人"家门口，有没有勇气去敲门。庞切斯特站在门外，他想起自己没有带翻译器。这下他更举棋不定了。他呆呆地站了好久，左右为难。突然，他想到白天那"人"的眼神，一直盯着自己的不带任何情感的眼神。

直到敲门时，庞切斯特还在迟疑，不过他还是敲了一下。他停下来，没有继续。可能对方没听见，现在回去还来得及。

这时，门从里面打开了。"人"逆光站着，是白天那个拿棍子的"人"，个子好大好大。庞切斯特白天并没这种感觉，现在"人"在自己眼前，就像巨人一样。

"嗯……"庞切斯特说。他好害怕，没有带翻译器更叫这孩子心虚。说什么对方都听不懂啊。

"你是白天的那个孩子。"庞切斯特吓了一跳。他听见那"人"说的是十分清晰的瓦鲁安语。与白天不同，"人"的语气十分温和。

"嗯，是……"庞切斯特结结巴巴地答道。"人"不停地点着头。

"有事吗？入口都已经上锁了啊。算了，夜里风凉，对身体不好。瓦鲁安人也这么想吧？有事就进屋来吧。"他朝庞切斯特招了招手，庞切斯特跟着他进了屋。

这间屋子跟自己的住处一样，天花板也非常高。屋里有个类似桌子的东西，上面放着庞切斯特不知道可以派什么用场的工具。墙壁上挂着那"三个人"的画像。白天庞切斯特从窗外看到的就是这间屋子。面向墙壁，有一把"人"用的不太平稳的椅子正在前后摇晃。庞切斯特来之前，"人"大概都在用它。

"人"用手势招呼庞切斯特坐在床上，庞切斯特便在床上坐下，面朝着他。

"人"微笑着，不说话，看着正在打量左右的庞切斯特，不说话。

"找我有什么事吗？"他说。

庞切斯特赶紧坐直身子："是。对不起，突然打扰您。我叫庞切斯特，今天才跟父亲到这儿来的。"

"人"笑着点了点头。

"我还以为没有带翻译器，就没法跟您说话呢，您太叫我意外了。""人"听庞切斯特这么说，放声大笑起来："我跟瓦鲁安人已经打了几十年的交道，你们的话我还是会说一些的。白天我在你们面前说地球语，是因为得赚出租翻译器的钱，再说，地球人也得叫你们看着像个地球人嘛，都是在做戏。"说完，他凄然一笑，庞切斯特赶紧说："您真的是最后一位地球人吗？多尼·瓦鲁安已经没有其他地球人了？"

"啊，""人"叹了一口气，沉默了好久，才说，"地球人一个也不剩了。我已经死过一次，在瓦鲁安人征服地球的时候。我现在虽然样貌像个地球人，其实不过是个躯壳。"

"征服地球吗？"

"嗯，瓦鲁安人只眨眼工夫就把地球消灭干净了。'三天净化期'就叫地球人基本绝迹了，地球环境也改成瓦鲁安样式。建筑物全毁了，地面做了镀银处理，只有 CA 城这儿除外。都是几十年以前的事了，当时我还很年轻。"

"人"站起身，打开桌子，取出一个圆形容器。他打开容器，用手指拈了一个橘色的东西放进嘴里。随后又拈出个红的，放在庞切斯特手上。庞切斯特小心翼翼地模仿"人"把红色物体放进嘴里。

庞切斯特第一次尝到这么奇妙的味道，酸酸的甜甜的。

"是什么？"庞切斯特问，用舌头拨弄着嘴里的东西。

"没有毒，剩得不多了，我好久都没拿出来。你是贵客啊。过去地球人常拿这些给他们的孩子吃，这叫糖果。"

"糖果。"名字好奇怪。庞切斯特重复了几遍。更让他觉得新鲜的是，地球人居然也有像他这样的小孩。

"那地球人的孩子都去哪儿了？"

"都死了，不分老幼，完全没时间反抗。我的父母、哥哥和妹妹，都在那时一起死了。再想也没用了，那都是他们的命。现在后悔也无济于事。"

庞切斯特一时语塞。他觉得像自己这样对事实一无所知的人，无论道歉还是安慰，都不合适。更主要的还是他已经被面前这个"人"的平静征服了。

"我一点也不了解地球。我还在瓦鲁安通过教育器学习多尼·瓦鲁安的历史。我听说光一个瓦鲁安，瓦鲁安人已经住不下了。所以又开拓出约亚·瓦鲁安、塞姆·瓦鲁安和多尼·瓦鲁安，多尼·瓦鲁安就是指这里，地球。没错，我的确听说这里曾经有'人'居住。他们说是'人'自己毁了这颗星球。倘若我们不出手，多尼·瓦鲁安就完了，所以大家把它改造为瓦

曾经，"人"对尼那……

鲁安星球的样式，重新利用起来。"

"人"安静地听着，不时点了点头。

"也许吧。也许瓦鲁安并没有侵略我们，也许是瓦鲁安人拯救了地球。哪怕他们屠杀了地球人，也不能全怪他们。历史就是如此。最后总是结果影响了历史的发展，一旦遭遇其他种族，留下的就总是优秀的一方。这谁也改变不了。"

"人，"庞切斯特说，"地球人只剩下了您一个，您不孤单吗？"

"人"看着墙上的三个人，摇晃起了自己的椅子。

"你是叫庞切斯特吧？""人"说，"我在他们俩死掉的时候，就已经死了。心里不再有希望。"庞切斯特看了看挂在墙上的三个"人"。

"我现在既不孤单也不难过，""人"摸着下巴上无数的白丝说，"就安安静静地过日子。我的时间也不多了。"

"墙上的这三个'人'是谁？"庞切斯特问。突如其来的提问叫"人"怔了怔。

"最左边的是我啊。这叫照片，四十年前拍的。当中的是尼那，右边的名叫敬介。他们都是好人，都是好人，他们都死了，就撇下我一个。""人"说着，又给了庞切斯特一颗糖果。这回是黄色的，吃在嘴里酸味更浓。

"我想起来了。""人"跟庞切斯特说，庞切斯特并没有开口，他等着"人"继续说下去。

"我想起来了。虽然我时常会看这张照片，但只是一个习惯。今天你一问，我才想起了一些往事，我们几个曾经都什么样。"

庞切斯特歪着脑袋，听他继续说。"人"要庞切斯特原谅他，因为他很想跟谁说点什么，希望庞切斯特能耐心地听完。

他说他们三个是好朋友，总在一起玩，一起出门。瓦鲁安人入侵后，有一小部分地球人幸存了下来。他们三个也在其中。"我们在这个保护区继续抵抗。先是敬介被处死了，跟其他反抗者一起。我们只剩了几个人。我告诉这位叫尼那的少女，我喜欢她。因为我知道敬介也喜欢她，所以之前从没表白过。敬介死后，我觉得我应该告诉她了。我想跟她一起逃走，去重建地球，可尼那摇了摇头。她爱的是敬介。很讽刺吧？没多久，尼那身体越来越差，她也随敬介去了，留下我一个人。从此我成了一具躯壳。人们一个个地死去，我成了唯一的地球人。"

庞切斯特发现这时"人"眼里突然闪出一道亮光，直觉让他没有询问其中的缘由。那一定是"人"心灵

　　　曾经，"人"对尼那……

上的一道光。遭遇过那些事后，时间在"人"心中已经停止了。

"您以前很爱尼那啊。"庞切斯特说。

"是。尼那和敬介都还在地下室的冷库里，跟他们死时一模一样。"

"人"又补充了一句："如果那时尼那接受了我，我就打算去抢一艘瓦鲁安人的宇宙飞船，再一起逃往其他星球。我知道瓦鲁安人的飞船其实很好操作。我打算跟尼那一起去创造一个新地球。而尼那从头至尾都只爱敬介，我挤不进去。都是很久以前的事了。""人"说。

只要保护区还在，尼那和敬介的遗体就能长眠在冷库中。我至死守护他们。"人"说。不是对庞切斯特说，他没有对任何人说，他只是在告诉他自己。庞切斯特告辞时，"人"把装糖果的盒子给了他，告诉他："这是小孩的零食，送给你。"

第二天晚上，庞切斯特又到保护区来了。

"你又来了?""人"温和地笑着，对庞切斯特说。庞切斯特急匆匆地，大口喘着气："你赶紧跑吧。"庞切斯特没头没脑地说了一句，把"人"弄得一头雾水。

"什么?"

庞切斯特听说了父亲会议的决定，结论很简单，就是要把保护区完全变成瓦鲁安的领地，而且不久就要实施。

父亲细长的舌头舔了好几下，他说："实验证明保护区的'植物'分泌物确实有损瓦鲁安人的健康，所以没别的办法。另外'植物'还在繁殖，就连已被改造成瓦鲁安人领地的地方也受到了侵蚀，因此保护区必须重新净化一遍。"

"那'人'呢？仅剩的那个'人'怎么办？"庞切斯特首先就想到了这个问题。父亲并非不知轻重，他不假思索地回答："当然必须处理掉，被改造成瓦鲁安的领地的话，'人'没法生存。"

"处理？是要杀死他吗？"

"是啊。不杀他，他反而更痛苦。"听见父亲这话，庞切斯特几乎站立不稳了。他一时无法理解父亲的意思。他还没告诉父亲，他已经跟"人"见过面了。

"怎么了？哪儿不舒服吗？"父亲担心地端详着庞切斯特。庞切斯特拼命地摇了摇头，他现在不能被父亲觉察出异样。

"可……瓦鲁安人有权摧毁所有的地球人吗？这个星球以前不是有很多'人'吗？自从瓦鲁安人入住以来，他们就灭绝了吧？难道瓦鲁安人有权这么做吗？"

　　　　曾经，"人"对尼那……

庞切斯特只说出这么几句，嗓子就已经快冒烟了。

"你去博物馆了？怎么这么说？"父亲打心里觉得困惑。他嘟囔了一句，不再追究，用手拍了拍庞切斯特的肩膀，"瓦鲁安人并非要消灭他们，只是要向宇宙扩张有时就会出现这种情况。等你长大就明白了，瓦鲁安星球也是这样的。"

"所以，我们就能处理他们了？"

父亲没有回答。

第二天下午父亲又出去开会了。庞切斯特一直在屋里等到太阳落山。

"人"思考了一会儿，便缓缓抬起头对庞切斯特说："谢谢你来通知我，你非常勇敢，我……"

"勇敢？"

"嗯。不过我哪里也不能去。这就是我的命，我必须死在这儿。"

庞切斯特真为他着急："可这里全部要被改造成瓦鲁安啊。'植物'、房子都会没有的，整个地球都会被毁掉。"

"人"闭上眼睛，庞切斯特以为他没明白自己的意思。"人"睁开眼，注视了庞切斯特片刻："庞切斯特，我相信你。以前我从没相信过瓦鲁安人，太不可思议了，你为什么这么替我着想呢？"

庞切斯特想了想。为什么自己会为一个陌生的"人"担忧？

"不知道，我也不知道。不过，我觉得没人有权随便'处理'一个有感情的生命。你快走吧。逃出多尼·瓦鲁安……逃出地球。在甲壳车停车场里面停着一艘小型宇宙飞船。你坐上去就能飞往其他星球。启动时设置好操纵程序，不用驾驶就可以飞了。我来帮你，然后你就好好睡一觉。宇宙飞船很简单的。"

"人"考虑了几分钟，庞切斯特实在不明白他还顾虑些什么，这选择并不难啊。

有人在叫庞切斯特了。声音已经传到了屋里，此起彼伏的喊声在保护区回响。

"庞切斯特，听到了请回答。"是父亲的声音。屋外很亮，是人工照明，到处都有人在说话。

"'人'把孩子掳走了。"

"也许已经遭了毒手。'人'一旦恢复野性，是很残暴的。"

庞切斯特走到窗前。糟了，父亲发现自己没在屋里，已经出来找他了，还带着 CA 城里的人……自己到底都做了些什么呀？这么一来"人"还不知道会有什么下场。

"你快跑吧。他们来找我了，如果他们发现我在这里，一定会把你当作坏人的。我真没想到事情会变成这样。"庞切斯特从窗台上跳下来，跑到"人"跟前。

"庞切斯特，我跟你说实话吧。我一直在等待一个机会。我相信地球人不会从我手上彻底绝迹。这些话我之前跟谁都没说过。尼那。我想帮尼那实现愿望。尼那爱的人是敬介，敬介也爱她。然而他俩谁都没有告白就去世了。只有我，他们都跟我讲过自己的心事。为了尼那我策划了一个计划。地球总有一天会重生，到那时我就叫阿达姆和伊布成为尼那和敬介的后裔。尼那和敬介的遗体还躺在地下冷库里，与此同时我提取了他们俩的生殖细胞，用人工方法培育出了他们的孩子，放在培养液中冷冻了起来。等到地球重生时，他们就是新生的地球人了。这个全新的地球就是尼那和敬介爱情的结晶。我没能帮他们实现爱情的愿望，可我至少要为尼那做些什么……你刚才跟我提到宇宙飞船。我已经没有力气和精力再去做长途飞行了。能不能请你帮我，最少要把培养液里的'孩子们'带到以后的新地球上去？我以前从不相信瓦鲁安人。但是我相信你。因为相信，所以才想请你帮我这个忙，小伙子。庞切斯特，这是最后的机会了。"

庞切斯特点了点头："你不走吗？"

"人"摇了摇头，接着打开了地板，钻进了地下。

屋外更乱了。CA城的人把"人"的住处围了起来。好几个投光器投下了光柱，让"植物"看起来都像是一个个剪影。

已经逃不出去了。庞切斯特想。这都怪自己，自己的自以为是把"人"害惨了。

"人"从地下钻了出来，他手里拿着一个方形的容器。"走吧，我什么也不怕了。""人"挺直了腰板，庞切斯特很震惊。为什么呢？难道是一种使命感？这个少年想着。

"可现在出去的话……外面有很多人。"

"人"冲着窗外看了一眼。

"是'人'。我刚才还看到了孩子。快把他抓起来。"

"会把孩子救出来的。"屋外七嘴八舌，群情激奋。

"没关系，他们没有武器。"

除了治安官以外，普通的瓦鲁安人是不能携带武器的。

"走吧。""人"说，紧接着把右手上的液体倒在了"植物"做的棍子上，放在一个奇怪的装置旁边。"人"说那叫打火机。

火焰燃烧起来了。庞切斯特哇地叫出了声，他感到一种莫名的恐惧。

"你怕火？太不可思议了。瓦鲁安人居然怕火。你

　　　　曾经，"人"对尼那……

们那么先进，没想到还是战胜不了与生俱来的恐惧。你怕的话就离远一点吧。"

庞切斯特摇了摇头。

门打开了。"人"和庞切斯特缓缓走出家门。周围喊声一片，人群后退了不少。

"庞切斯特快跑啊。"

"有没有人跳上去啊？他只不过是拿着火罢了。"

然而，人群还是往后退了退，谁也不往前走。有一瞬间，人群似乎又聚拢了，可"人"一把火举高，他们就又散开来。

"人"和庞切斯特一步一步地往外走。他们出了保护区的大门，经过许多的甲壳车，走到了小型宇宙飞船面前。这艘宇宙飞船跟庞切斯特在教育器上学到的一模一样。人群都在远处看着他俩。

"快帮我把自动操纵程序设定到目的地上。""人"说。

"要去哪里呢？到没有人的地方去，这个培养器还能用吗？孩子出生后自己能长大？您不用跟他们一起去吗？"

"没事。这些孩子并非以人类的相貌出生，他们会顺应周围的环境，进化成原始的状态，大概要经过几亿年，他们才会成为有智慧的生命体。"庞切斯特简直不相信自己的耳朵。"人"继续说："不过这些生命都包含尼那和敬介的遗传基因。我也不知道他们会进化成什么样子。也许是地球人的模样，也可能像瓦鲁安人。这些都不重要。"

庞切斯特点了点头钻进了飞船。"人"举着火，在外面等。

"好了，数三十下就发动了。"庞切斯特大声说。"人"点了点头，把方形的盒子塞进了飞船。庞切斯特突然从口袋里掏出一个容器，扔进飞船。"人"问："你扔的什么？"

"糖果。给孩子们的。"

"人"的脸上露出了温柔的笑容。飞船的门关上了。

"快往后退。"

走了十步左右，"人"突然受了一股反作用，当场摔倒。庞切斯特看到他胸口喷出了红色的东西，庞切斯特大叫起来。他看见几个治安官拿着破风枪向他们走过来。"人"被枪杀了。他睁开眼睛："庞切斯特，拜托你。我想看着尼那的宇宙飞船起飞，把我扶起来好吗？"

治安官虽然来了，但慑于火焰棒的威力，都不敢靠得太近，他们眼睁睁地看着"人"和庞切斯特。庞切斯特哭了，他发现"人"也和自己一样，从眼里流出了泪水。他把"人"扶了起来，同时，宇宙飞船也升了起来。

"尼那……""人"轻轻地呼唤着。

"你真的是对尼那……"庞切斯特再说不下去了。"人"仰望着天空，道："庞切斯特，我只告诉你一个人，我的名字，是'好之'，我自己都快忘了。谢谢你，庞切斯特。""人"停止了呼吸。

所有的人都冲了过来。庞切斯特禁不住抬头看了看天空，宇宙飞船早已飞出了他的视线。父亲把他抱了起来。庞切斯特觉得自己永远都不会向别人提起"好之"这个名字。

有关时尼的备忘录

我出生在 1947 年，当然，那时我还没有记忆，我最初的记忆，还是我后来才知道的——是在我满三岁，也就是 1950 年的时候。我当时并不知道自己最初遇见的她姓甚名谁，我最早记得的只是我遇见了她。

那天黄昏时分，我正独自走着，兴许跟朋友玩累了吧，可能还掉着眼泪。而她就站在小路的尽头。那是一个初秋的黄昏，光线柔和，她给我的第一印象就是她手里拿着一把白色的遮阳伞。

对于一个三岁的孩子而言，五岁的小孩便是大人了。无论学生还是母亲，从年龄上来说，都是"完完全全的大人"。因此，我第一次看见她时，她的白发、眼角和脸颊上的皱纹，都远远超过了我所能估算出的年龄范围。后来我计算过，那时她五十一岁了。

一个很漂亮的人，这就是她给我的印象。我觉得她不像坏人，她脸上的笑容和蔼，个子不高，很苗条，身上应该是穿着浅蓝色的衣服。

她就站在那里等着我。

此外，我还感觉她跟我之前认识的人都不太一样。等我有了一定学识以后，才知道那是种有品位的优雅、活泼以及由此产生的魅力。

也许我后知后觉，抑或是后来我才重新整合出这些信息。而我最早的这些记忆，大体上还是不会错的。

遇见这样一位老妇人，叫我不禁停下了脚步。我既不害怕也不好奇，与她对望着，本能地感到一种宿命。

"保仁君？"女人叫住我。头一次见面，她竟已经知道我的名字，而我不感到奇怪。我没有说话，一言不发，只重重地点了点头。她慢慢向我走来，弯下腰，两眼平视着我，我们彼此打量着。

我不说话，咬着嘴唇，紧紧地瞪着她，可能还拼命忍住不让自己哭出来。而她依然面带微笑，就像天使下凡附身在了一个老妇人身上。

"保仁君，"她目光炯炯，"你真可爱。"之后她便闭上嘴，拿出一块雪白的手帕，给我擦了擦脸。我闻到了一股好闻的香味，她在手帕上洒了香水。

"哎呀，怎么擦破皮了呢？跟人打架了？"她的声音十分悦耳。她应该没猜错，我就是因此而独自行路的。

"让我好好看看。"她一个劲儿地盯着我的脸，我也望着她的眼睛。那个瞬间我永远都记得。她清澈的眼眸仿佛可以吸进一切。她没有哭，极力在控制，大概这就叫女性的坚强吧。总之，我觉得她好像拼命要把我烙印进眼里去。

而这些我都是后来才想通的。她真的很爱我。

我就这么跟她在原地不动，过了很长时间。我至今也不清楚，那到底有多久，或许不过短短几秒。紧接着，她就从手上褪下一枚戒指，温柔又坚决地对我说："保仁君，你没有戴戒指，现在就把它给你吧。"

她递过戒指，然后拿起我的手，将它戴在了我右手的无名指上。戒指一上手就自动缩成我的尺寸，金光闪闪的。她笑了，笑容落寞。

她手握靠在肩头的遮阳伞，缓缓站了起来"再见，保仁君，我要走了。"我受她的影响，也用蚊子般的声音跟她道了再见。她又重复了一遍，还附上一句："我们以后还会见面的。"撑遮阳伞的女人把呆立的我留在路边，自行消失在了街角。

当时，那个女人给我留下了许多的谜团——她怎么会知道我的名字？为什么她看我时那么悲伤？她给我的戒指又是怎么回事？这些问题对一个三岁的孩子来说，实在太复杂了。

我家只有我跟妈妈两个人。我并没有把那天的事情告诉妈妈，所以她第二天才发现我手上有枚闪闪发光的戒指。妈妈没有厉声询问它的来历。尽管它金灿灿的，也不过是一枚孩子手指大小的玩意。妈妈大概把它当成玩具了。我没有说出戒指是哪儿来的，也不打算取下来。我倔得很，戒指就一直戴在了我右手的无名指上。

戒指的纹样从没变过。金属部分有一段扭成横写的 8 字，我是十岁以后才知道这个造型叫作"无穷"。而当时我只觉得奇怪。

妈妈自我懂事起就出去工作。小时候她跟我说，我爸爸已经"死了"。事实上她从没跟我爸正式结婚。我长大后，听妈妈发牢骚时说我爸名叫"仁"，所以我也用他的"仁"字，取名为保仁。我从不记得父亲养育过我，打我记事起就一直跟妈妈两个人生活。我爸爸是私生子，他跟妈妈认识后没多久就走了，至今下落不明。

总之，妈妈决心单独把我抚养成人。她不顾周围的反对，坚持把我生了下来。叫我们的生活并不辛苦，比起我认识的孩子，我家的日子还挺宽裕的。

后来，我根本没再把那个拿白伞的神秘妇人放在心上，只是天天戴着戒指。奇怪的是，随着我一天天长大，戒指也一天天变大，尺寸始终与我的手指一致。我每次看到它都不由自主地想起那位神秘妇人，同时也想起她说的，"我们以后还会见面的"。

她并没有说谎。我小学二年级时果然又见到了她。

那天我正在公园的树荫下，读着从朋友那儿借来的《铁臂阿童木》（第37卷），突然我感觉周围有人，便抬起头，只见一个女人就坐在我对面的长椅上。正是之前那位妇人，她依旧打着白色的遮阳伞，朝我微笑。我记得自己站起来跟她行了个礼，说了句："您好。"她回答我说："你好，保仁君。"没错，就是她，可似乎又和以前不大一样了。

她站起身，朝我走过来，我想大概是要我把戒指还她了吧。我赶紧把戴着戒指的手伸到她面前。妇人摇了摇头，把手伸给我，她也戴着一枚跟我相同的戒指。

"我也有这么一个护身戒指。你拿好你那个，等到要归还的时候你就知道是怎么回事了。"

"好。"我只回答了一句。

然后，她就询问起我的生活和学习，比如在学校怎么样，家里最近发生了哪些事。好像这些对她都很重要似的，让我一一讲给她听。

"对了，"妇人说，"你开始记日记了吗？"

我摇了摇头，她问得太突然了，我那时还不知道日记有什么用。

"就是记录一下每天发生的事、有趣的事。你应该每天记日记，而且要保管好，能做到吗？"

"嗯。"我感觉自己被她的目光吸引住了，想都没想就答应了。而且我还发现她跟上次见到时有那么点不同。似乎发生了些变化。

她的白头发少了，整体看上去皱纹也少了，比我第一次见到她时年轻了。我也不似第一次见面时那样懵懂，加之我很愿意跟她聊天。平时妈妈因为忙，从没认真地过问过我的生活。她却比妈妈还要在意。

她既不像我妈，又不像世上的其他女人，她很特别。我边跟她聊天边这么想。我很享受和她聊天的幸福，在一个年纪比妈妈大一圈的老妇人面前，我就像跟祖母谈话一样。

"我要回家了。"这次我先站了起来。妈妈规定我每天下午五点必须回家。

"哦，那下次见。"她眯起了圆圆的眼睛，笑着说。

"再见。"我正了正儿童帽向她鞠了一躬，便跑开了。这时我突然想起一件事："我还不知道你的名字……"

她轻声笑了起来，用白手帕掩住嘴，开心地说："时尼，时间的时，尼姑的尼。"

我重复了好几遍，想把它记住。

"时尼，时尼，时尼……"我头也不回地跑了，嘴里不断地念着她的名字。这是我第一次得知她叫什么。

自打那天后，我开始写日记。妈妈工作的时间也变得更短。她每天早上目送我去学校，上午做半天工，等我下午回来时，她已经在忙着做家务了。我问过妈妈，为什么她只干那么点活儿就可以让我们生活得很宽裕？她当时就大大方方地告诉我，因为有人在资助我们。她说父亲的亲戚一直在匿名给我们寄钱。由于不知道到底是哪位亲戚寄的，刚开始她还犹豫该不该动用这笔钱，而现在就想着是为了我，欣然接受了。

我很自然地联想到了那个送我戒指的神秘妇人，大概她是我爸爸的姐姐吧，那个叫"时尼"这么奇怪的名字的女人。

可我依然没有跟任何人提起过她，连妈妈也没告诉。我本能地觉得这是一个天大的秘密。

那段时间，我在小学图书馆里借过一本《长脚叔叔》的书。书中有个少女得到一个陌生男子的帮助，少女叫他"长脚叔叔"，她一直在写信告诉他自己的近况。

这是一本少女读物，而我常感觉自己很像书中的主人公。也许我的"长脚叔叔"就是那个撑白色遮阳伞的妇人吧。我确信如此。我见过她的脸和样子，却不知道她来自何方，是何许人。

打那以后，时尼每隔一年就会在我面前出现，而且每次都是趁我一个人的时候。有时是在图书馆的休息室，有时是在附近的神社，还有我独自去看电影时，她就坐在旁边。于是我们一起聊天。我已经懂得如何与人交谈了，而时尼也有了变化。至于变成什么样了呢……

我升中学时，时尼已不再是一个老妇人，她的外表竟像我妈妈一样年轻。而我从没打听过其中的原委，只感觉不该问。当她还是老妇人时就有一双吸引我的清澈双眼，如今它更明亮诱人了。我那时已经有了性别的概念，很敏感地发现自己对时尼更亲近，全然不同于对母亲的感觉。

时尼非常漂亮，尽管当时她已经快四十了。

事实上，我心中一向都对时尼充满了疑问。为什么她每次出现都会更加年轻？为什么她要来见我？

时尼的名字也很古怪。我上初中后才得知时尼是阿拉伯传说中一个女魔的名字。我认识的时尼也是女魔吗？有时我会冒出这种念头。她送我的戒指会守护我，这么说，她是女神？我甚至有过这样的想法。估计时尼就是个戒指精灵，可她不会魔法。

读高中后我不再参加社团活动，我的兴趣都在读书上。我没有固定的女朋友，虽然有些女生曾提出要跟我交往。可我并不感兴趣。我总会下意识地把她们跟时尼作比较。可以肯定，时尼从外表上看，已经比我妈妈还年轻了。

对一个十七岁的少年来说，当时三十多岁的时尼，足够成熟有魅力，是一位理想的女性。而那时她已不再隔年出现，每当我想念她时，她就会来到我面前。即使两三个礼拜就见一次，我依然清楚地觉察出她的皮肤越来越白，越来越水嫩。包括之前还有的那么些富态，也慢慢地随着脂肪的减少而消失得无影无踪。

"你不适合做上班族。"我们在公园里散步，时尼很爽快地告诫我。我早已习惯有事就找她商量了。

"那你觉得我适合做什么？"

"试试看，画画吧。"

我吓了一跳，我考虑过多种职业上的规划，都很普通很实际。没错，我的确喜欢画画，小时候还参加过不少比赛。但我并不相信自己的这点伎俩能支撑一辈子。我感觉只有极少数的人才能成为职业画家，画自己喜欢的画。我不认为自己具备这种才能。

"我……能当画家？画得出来吗？"

时尼重重地点了点头："问题不是你当不当得了画家，而是你想不想当，只要你想，就能。"时尼把脸转向我，用她认真的、可以说服我的眼神对我说。

我当即定下了今后的去向。学费没什么可担心的，很快我就成了一个美术大学的学生。

在美大上一年级的时候，我参加了一个洋酒公司举办的文化项目，我完全是照着自己的想法画了一幅油画。该公司的活动似乎在美术界颇有些地位，便给我创造了机会，我得了大奖。

我原以为这不过就是我运气好了点。没想到之后好事就接二连三地发生了。一个纽约的画商竟来向我定购包括习作在内的所有画作，开价还很高。他们要我一有新作就联络他们。

我把这事告诉了时尼，她居然笑着说当然会是这样："我早知道的，只不过你自己不清楚你的才能而已。"那时我才十九岁。这么大一笔钱放在一个还未成年的人身上，都不知道要怎么花。

然而，第二年妈妈生病，我的这笔钱就流水似的全部花在了她身上。结果，妈妈还是在四十五岁时就去世了。她的胃癌已经到了晚期。我花了大笔钱，采取了各种治疗的方法，终究没能挽回她的性命。

给妈妈治病期间我跟时尼商量，问她有没有什么办法救救我妈妈。只那次，她难过地向我摇了摇头，第一次把我抱在了怀里。当时，我被这位年长的漂亮女人深深吸引，心里再容不下其他异性。

妈妈去世前又一次跟我谈到了父亲。她说父亲有些怪癖，却绝不是抛弃了我们的坏人。而后她又照例发起牢骚。妈妈弥留之际，一再跟我提起我名字里的仁字是取自父亲的，我长得也很像父亲。只不过父亲的右侧鼻翼有颗痣。我知道这并不算什么，纯粹是妈妈因为没有得到回报而不停地絮叨。

妈妈直到最后都希望我能成为一位了不起的画家："如果你像爸爸，那你一定会画得非常好。如果那是你爸爸的画……"我从不知道父亲竟有这样的才华。

妈妈走得很快，最后呼吸越来越困难，紧接着就断了气。我从那时起便成了一个孤儿。号啕大哭后我走出病房，时尼正站在走廊上。我紧紧抱着她，本以为已流干的眼泪再次涌上来。时尼从始至终都抱着我，安慰我，直到我缓过气来。

我记得自己就是在那时，读了罗伯特·纳森的《珍妮的肖像》。我没把这事告诉时尼。因为她跟书里的故事有太多相似之处，只不过顺序相反而已。珍妮第一次出现在主人公面前时还是一个小姑娘，而之后每次见面她都迅速地长大了，直到她跟主人公年纪相仿……

事实上，这本书的内容一直让我无法释怀。

就在我独自给妈妈过完七七后，我终于向时尼提起了、之前因为害怕而从来没有问出口的问题——

你是谁？为什么每次见面你都越来越年轻？

我开门见山地问。

"因为我是逆时人……"时尼的表情落寞起来，不过很快就凄然一笑，"除此之外，跟常人没有区别。我既不是妖也不是魔，就一点点不同罢了。"

我当然不明白她说的一点点和逆时人是什么意思。

你为什么总来帮我？从我小时候起……

"因为你……很照顾我。而且，我很爱你。我想知道自己爱人的一切。我太冲动了吧？很奇怪吗？不管我身为何物，我都想见到自己的爱人。"

这一点我也同意。因为即使时尼比我大，我还是从很久以前就一直真真切切地爱着她。

我二十岁生日那天，跟时尼一起吃了饭。那天，时尼带了个孩子来，我们在饭店包了一个房间。时尼把孩子介绍给我。孩子长得很机灵。我不知为什么特别激动。

"这孩子是……"

"我儿子。八岁了。"

刹那间我一句话也说不出来。时尼有孩子……这么说她结婚了？

"为什么以前没有告诉我？"我几乎说不出话来，尽管我努力装出一副无动于衷的样子。

孩子边吃饭边偷偷地朝我看，这回我成了被观察的对象。

"你丈夫是干什么的？"我假装平静地说。

"是个画家。"我只觉得她是在跟我开玩笑，难道她就是因为这个才让我去学画的吗？自己的丈夫是画家，也没必要叫我也当画家啊。

"那他现在在哪里？"

"就在我面前。"

我一下子懵了，听不懂她在说些什么。

"难道是我？"

时尼很肯定地点了点头。我总觉得她在开玩笑。

"你的孩子……孩子的父亲是？"我惊讶地问，说完一口喝干了面前的一杯白葡萄酒。

"小仁的父亲就是你呀。"她的口气就好像我在明知故问一样。

我这才想起那天是我二十岁生日，这叫我太震惊了。如果这个孩子八岁，那我成为他父亲时才只有十二岁呀。之后我又发现这孩子有许多地方都很奇怪地符合妈妈告诉我的、有关父亲的特征。

我父亲名叫"仁"。

边低头吃饭边偷眼瞧我的"小仁"右侧鼻翼有一颗痣。

难不成……这孩子……他不可能是我的父亲。时尼也不会是我的奶奶。

这顿饭吃得太尴尬了。

时尼跟我说她该让孩子睡觉了。我脑中却涌出各种疑问。

"你说的逆时人，就是从过去来的人吗？"我只问了她这一个问题。

时尼拼命摇了摇头："也许，我下次才能跟你解释。今天暂且就到这里吧。"说完，时尼看了一眼孩子，那个叫"仁"的孩子打了一个大大的哈欠。这就是我见到"小仁"的记忆。

我从来不知道时尼住在哪儿，是怎么生活的。因此，之后的几年，对了，就是人类登上月球，越南战争陷入僵局那几年我都没有见过时尼。我一直在画画。直到二十七岁时，我有了自己的房子。

第一个来我家做客的就是时尼。

那天晚上我听见有人敲门，开门看见时尼站在外面。

我简直无法相信自己的眼睛，时尼比我之前见过的任何一次都要漂亮。虽然她全身被雨淋得湿透了，但这更增添了她的魅力。她的眼里满是泪水，那个叫小仁的孩子却没跟着她。

在我们不曾见面的这段空白期里，她年轻得简直难以置信。怎么看她也就是跟我同年，或许还要小一点。

"保仁君。"时尼叫着我的名字投入了我的怀抱。我没有推开她，因为我这几年时时梦见与她重逢。

"你全身都湿了，外面下雨了吗？"

时尼没有说话，她紧紧地抱着我，点了点头。这时外面突然响起了轰隆隆的雷雨声。

雨这会儿才下来。

"好久没见，你到哪儿去了？"我几乎是把时尼抱进客厅的："小仁呢？"

"什么小仁？"她很奇怪地反问道。听上去并不像在撒谎，也没有假装糊涂。

"你的孩子……你还说是和我生的。"

时尼突然皱了皱细长的眉毛："他啊，长大了啊。我跟保仁君的孩子……名叫仁，保仁君的仁。"

"你说下次再见面时会跟我坦白一切。逆时人是什么？还有，我跟你之间，为什么这么奇怪？"我倒了一杯热咖啡，递给时尼。她大大方方地在我面前脱下了湿衣服，换上了我的睡袍，我的心怦怦地跳了起来。

"我必须现在说吗？说我的事？"

我点了点头。

"我以为你知道……"时尼死了心似的长长地叹了

口气。

"逆时人是什么意思？"

时尼点了点头，从桌上取过一张便条，用笔写下三个字："逆时人。"时尼缄口不语，她盯着我，仿佛这三个字就是她要说的。

"逆时人很早就有了吗？"我仍搞不懂逆时人到底是怎么回事。时尼重重地摇了摇头："过去，对我们来说就是未来。对你来说，逆时人来自遥远的未来。"

"什么意思？"

时尼深深地吸了一口气，却没有把它全吐出来。

"一般你们这些普通人，都是按照时间轴走向从过去向着未来成长的。出生在过去，经过一段时间后，按正比长大，变老。而我们逆时人，诞生在未来，然后倒着朝过去长。逆时人之间互相通婚，他们朝着过去的时代繁衍子孙。所以我出生于2001年，今年是1974年，那我的身体年龄就是二十七岁。"

我一言不发，竭尽全力去理解她的话。

"可我从来没听说过世上有这种人啊。"

"我也不知道我们这些逆时人来自何方。我们的人数极少，少数派为了躲避迫害总要隐蔽起来。我从遥远的未来就听母亲这么说过。从没有人像我这样会爱上一个普通人。所以没有人知道这个世上还有逆时人存在。"

"那我之前见到的你是……"

"就是将来，我年老的将来时的模样。"

"你带的那个孩子呢?"我们两都结巴起来，好一会儿时尼才开口:"我肚子里怀了孩子。你的，保仁君的孩子。那是他长大后的样子。"

"……"

"我们逆时人，如果要跟普通人一样按照时间的纵轴生活，就要耗费大量的精力和能量。为了能让你的孩子平安降生，我必须把自己投入到自然的时间流向中去。"

这么说来，对时尼而言，自然的时间流向就应该是从将来倒回过去的时间轴了。

我终于弄懂了其中的奥秘——为什么我小时候遇见的时尼是个老妇人? 为什么每次见面她都越来越年轻? 为什么时尼会那么自信地告诉我，我们彼此相爱? 我是顺着时尼的未来朝着她的过去生活的。

这么一来，那时尼的儿子，也就是我的那个名叫"仁"的孩子，身上也流着逆时人的血，他也向着过去成长，然后就遇见我的妈妈吗?

我不敢断定，因为我没有证据。

"那接下来要怎么办，时尼?"我说。

"我们会有一段时间见不到了。我要在倒流的时间轴上养育孩子。"

我知道为什么屋外刚开始下雷雨，时尼的身上就已经全部湿透了。她是从自己的时间轴中来找我的。我想起过去的那几年我们都没有碰面，因为那段时间时尼都在生孩子带孩子啊。

　　可我犯了一个大错误。我现在才明白，时尼并不是因为再次与我相逢而欣喜若狂地扑进我的怀中的，而是因为离别的痛苦。

　　我一直爱着时尼未来的姿态。而时尼也与未来的我相爱。我们并没有共同的回忆。只有一点我们都确信无疑，那就是我们彼此相爱的事实。

　　"时尼，你不是说没有逆时人和普通人相爱的前例吗？那我们呢？"

　　"我们俩的邂逅是命运的安排。在我懂事的时候，你就已经存在了。我的人生始终有你相伴。"

　　也许她说得没错。我不能想象自己今后没有时尼而独自生活。

　　这时我突然记起来，时尼还是老妇人时曾对我说过的话。我从里屋拿出了好几本日记，把它们交到了时尼的手中。

　　"不知道这些对你有没有用。这是我以前，不，是你所谓的未来时，我记的日记，你拿去吧。"

　　时尼点了点头，脸上终于露出了微笑。那天，我一个不留神时尼就从我面前消失了。

第二天，我就开始跟时尼一起生活了。早上醒来时，时尼就睡在我的身旁。没有什么特别的。也许和逆时人生活就是如此吧。时尼对我情话绵绵，她很乐意照顾我。一个逆时人要想按照普通人的时间流向生活，是需要消耗巨大能量的。然而，我表面上一点也看不出她同我一起生活有任何的不便。即使我去工作，在画室里不停地作画，她也尽量地陪在我身边。出门时也是如此。为了珍惜这短暂的相聚，时尼与我一刻也不想分开。

我预感到这样的日子不会太久。我们的重逢对时尼来说就如分别一般，她在我面前一天比一天年轻，总有一天要和我分开。因为我们彼此之间的时间流向已经超越了我们的爱情，是绝对无法逆转的。

我突然想到有个问题要问问时尼："我们一起生活了多久？"

"是从我到家里来以后吗？"

时尼说我们在这里生活了六年。我的脸色一定很难看，我只能再跟她一起生活六年啊。

时尼也问了我一个问题，她的问题跟我的一样。于是我们便可以按照各自的时间流向，一起计算剩下的日子。这短暂的爱情就是从过去而来的时间与来自未来时间交汇的那一刹那，只属于时尼和我。我们的邂逅与爱情都那么奇妙，又那么真实。所以我们俩都拼命地想记住彼此的一点一滴。

"我老了以后会变成一个怎样的奶奶呢？"时尼天真地问。"一个可爱的奶奶。"我回答说。

"我家只有妈妈和我两个人，可好像总有人在暗中资助我们。莫非那个人就是你？"

时尼笑了："大概是吧。我小的时候也得到过你的帮助。你有困难，我当然会帮忙，能力大小是另一回事。"

资助我的一定是时尼。因为我老了以后，即使时尼离开我，我也会帮助她的。

而我当时所面临的最大难题是，如何让我们俩充实地度过这仅有的一段相聚时光。因为这短暂的相聚转瞬即逝。我走向未来，时尼走向过去。我们做过几次短途的旅行，尽量多创造一些共同的回忆。随着时间的流逝，时尼越来越年轻，而我则逐渐走向成熟。

我有了一些积蓄，成了比较有实力的画家。这时我找到了自己真正想画的作品，不为工作，只为我自己，为了时尼。我开始给时尼画像。我想用自己的画把时尼一生中最美的瞬间留下。

时尼是一个非常理想的模特。我原本打算画抽象画的。而那段时间，我只埋头用最细致的笔墨把时尼的美原封不动地描摹下来。那个微笑着的、穿着白衬衫的时尼，纤细的手指上戴着我们共同的戒指，那个刻着"无穷"记号的金戒指就像拴着我跟她的红线。

我第一次给时尼画像，应该也是最后一次给她画。时尼看到后出乎意料地感到满意："太好了，把它送给我吧。"

我原本是想给自己留作纪念的。可时尼这么喜欢，我没法拒绝，尽管我原本打算时尼离开我后，永远地把它放在身边。

我想常人的爱情应该也是如此，他们邂逅、相爱，最后又分开。只不过他们的分开多是因为死亡，无法预测出具体的时间。而我跟时尼之间的生活，从开始就已经知道了最后的那一天。

时间走到了 1981 年，那一天终于要来了。当时我三十四岁，时尼二十岁。我之前一直有一个疑问忘了告诉时尼。我不敢问，问了也于事无补。

就是那个叫小仁的孩子，他既是我的儿子，也是我的父亲吧？所以我害怕听到时尼她既是我的爱人，也是我的祖母这样的答案。向二十岁的时尼问这种问题，她一定也答不上来。

时尼满怀希望地敲开了我的房门，现在的她正满脸激动地期待着和我共同生活呢。对她来说，今天是她与我开始生活的第一天。对我，却是和她分手的日子。

我强忍着痛苦，时尼好不容易才满怀希望，我不能在这时向她泼冷水。这种感觉她一定也曾体会过，所以我也要坚强而温暖地迎接它。

我向时尼保证从此以后她会幸福地生活，随即温柔地抱着她，心里则郁郁寡欢，完全不似她那般憧憬无限。可我没有办法，我无法抗拒时间的流逝。我紧紧地抱着时尼给我的日记，强忍着不让眼泪流出来。

第二天我便一个人生活在了没有时尼的光阴里，早上起来就不再有一丝时尼的影子，哪怕昨天她还就在眼前。时尼用过的东西全都不见了，洗脸盆前她用过的牙刷，镜子前她用过的化妆品统统没有了。除了前天她给找的日记，其他一切都不见了。

我走到阳台上，翻开了那本厚厚的日记，上面清楚地记着小时候，时尼身上发生的种种事情。我在虚无中看着它们，发现了用片假名写的"保仁叔叔"几个字，而越往后翻，字迹就越发工整了。而那个神秘的保仁叔叔也不知不觉变成了保仁哥。

我以后还会跟时尼见面。日记中详细记载了我们相见的日子，就像一张日程表一样——什么时候在哪里见面。

渐渐地，我不再感到虚无，一个劲地翻着日记。

逆时人存在于我们都不知道的遥远未来，而他们的起源他们自己也不清楚。一定是极少数的人，在未来的某个节点上，突然逆生长，只是谁也不知道他们为什么会突然逆向生长，也没有人知道他们最后的一代存在于过去的哪个节点。按照日记中所说的，逆时人的一天也是二十四个小时，在二十四小时中他们跟正常人一样生活，只是二十四小时一过，他们就往后退一天。所以他们跟我之前想象的一样，并不以倒带的方式走路、说话。除此之外，他们及他们周围的一切都是逆着时间流向进行的。

我知道时尼住在哪里了，也知道了我们相遇的地方。

我站起身。这回该轮到我去当长脚叔叔了。

此后，我便开始跟逆生长的时尼交往。她是一个感情丰富、天真又聪明的女性。而她的这些本性从很早以前就已经在她的身上萌芽了，这点我们每次相见时都可以证明。

我成了时尼最有力的保护人。她把自己异于常人的烦恼统统告诉了我。虽然我不能保证自己是一个最完美的保护人，但我想尽一切办法扮演好这个角色。

曾经是我的爱人的这个女孩，心无旁骛地信任我，甚至有时候，只那么短短的几秒钟，她想向我吐露爱慕之情。而我的恋爱期已经结束了。面对这个名叫时尼的少女，我无能为力。我唯一能做的就是守护着这个渐渐变成孩子的时尼，给她一些忠告，对她给予经济上的资助。

日子一天天过去，人口不断增长，人类的文明已经扩展到世界的任何角落。时尼度过了她的少女时期，进入了她的幼儿期。

1996年，时尼的日记终于翻到了她的第一页。这一页上时尼记下了她跟我的第二次相遇。时尼五岁了。她对逆时人这件事还一无所知。

我站在时尼日记中记下的她家附近的公寓楼下等她。

下雨了。我们很快就要见面了。

一个小女孩朝着我跑来。

是五岁的时尼，因为雨下得太突然，她跑过来避雨。

"时尼。"我叫道。刹那间，时尼吃惊地看了看我，脸上随即泛起了笑容，她一辈子都这么对我笑。她举起右手，让我看她的戒指。我也笑了起来，叫她看我的戒指，那个刻着"无穷"记号的金戒指。

献给美亚的珍珠　　　144

"叔叔，叔叔你是谁呀？"时尼歪着小脑袋问我。

"我叫保仁，大概一辈子都会跟时尼做朋友的。"

时尼相信了，她一点也不怕，再次把手伸到我面前："我喜欢这个戒指。"

我点了点头，又问了她几句生活和家人怎么样之类的话。

现在时尼还十分无忧无虑。

"那你从今天起，开始写日记吧。我也是在时尼这么大的时候开始记日记的，把每天发生的事情都记下来。"

"为什么？"时尼问。

我突然不知如何作答，补充道："就算为叔叔记吧。"

"好。我答应你，从今天就记。"

"谢谢。"

时尼转着一双纯洁的眼睛说："保仁叔叔是好人。刚见面的时候，时尼就喜欢。"

我笑了。边笑边为自己变得容易动感情而有些难为情。随后我便向她道别。

我相信我们还能再见一次，可我不清楚那会在什么时候，而且我也没想好要在仅剩的一次会面中做些什么。

那将是我和时尼最后的会面了啊。

我一直拿不定主意，独自浑浑噩噩地过日子。我按合同画画，闲下来就不断翻看时尼的日记。一天，我上楼去了一趟。

　　二楼一向被我用作仓库。也许只是心血来潮。我读时尼日记时，偶尔想起了那个叫小仁的少年，于是就上楼来，希望能了解一下妈妈跟我父亲之间的事情。

　　二楼有一些几十年来都没动过的东西，是妈妈的遗物。我打开包袱，一个一个把它们仔细地摆好，都是些妈妈的日常用品。自打叫搬家公司打包搬过来以后，我还是第一次碰它们。

　　其中有一个又扁又大的长方形盒子，包裹得十分严实，包装上还有妈妈写的字："阿仁寄存 /1948 年 11 月。"

　　我紧张起来，赶忙解开包装。里面是一幅古旧的肖像画。当我看到它时，更是瞠目结舌。

　　那是时尼，我画的年轻时的时尼。画布背后有墨笔写的几个字："母亲，时尼，因结核病于 1948 年去世 / 母亲留念 / 仁"。

　　妈妈一直以为这幅画是父亲画的，所以当我跟她说我要当画家时，她才会说"如果像你父亲的话，你一定会画得很好的"。我现在明白了。

　　受父亲所托，妈妈一直认真地保管着这幅画，我送给时尼的肖像画。倒回到过去，再走向被妈妈守护的未来。画像上的时尼冲着我笑了。

第二天我见到了三岁的时尼。她正一个人在马路上踢小石子。

"时尼。"我叫了她一声，她并不认生，只是没说话，冲我笑了笑。这应该就是我能跟时尼相见的最后一次机会了。时尼日记里是这么写的——见面是第二次……

然而，逆时人时尼从此将站在她从 1946 年起逆生长的人生开端。

我紧紧盯着时尼的脸，希望把它烙印在记忆里，一个还如此天真的时尼……

我看了看时尼的指头，她雪白的小手上还没有戴戒指。

现在应该就是那个时刻了。

我把戒指从自己手上脱了下来，放在时尼手中。我还该做……

"以后我们还会见面的。好好过你的日子吧。"我用尽自己所有的力气对她说，泪水模糊了我的视线，我看不清时尼的笑脸。

于是，一个完整的时间环合上了。

再见，逆时人，时尼……

江里"时空"的那一天

我坐在一个装潢老旧的吧台上等着黑泽。

我跟黑泽均已有数年未见，他是我的高中同学，我记得他后来读了理科，再见面时，听说他已在大学的研究室当讲师了，具体是什么专业，我倒不知道，也没有问。

黑泽是个做事相当投入的人，碰到感兴趣的，往往一头扎进去就忘了时间。我记得高中时有一年暑假，他心血来潮要弄一个程序，便躲在屋里，不眠不休地捣鼓了四天四夜。当时我跟他同一个宿舍。他无父无母，只听说平时由一个远房亲戚照顾，所以我一直觉得他那时有些郁郁寡欢。

临到升学，他谁也没说，就自己拿了主意。我想他大约没什么朋友，只是每到走投无路时，才会找我商量商量。

不，那也不算商量。因为每次他都早已想好——我准备这么做，你怎么看？

他一般会这么问。无论我如何质疑，他都预备了答案，还得意洋洋地向我解释他的理由。所以即便找我商量，也无非是寻求我的同意罢了。他目前应该还是单身，以他给我的印象，我很自然会这么想。他邋里邋遢，对女人也缺乏兴趣。这方面他一定无甚改观。

今天我坐在这里等他，也是他的突然要求。

他说想找个安静点的地方聊聊。

"有事？"

"嗯，差不多吧。"他的语气很含糊。

"经济方面的？"虽然我知道这么问很失礼，还是单刀直入了。

"不，不是的。总之见面聊吧。"黑泽说。

于是，我把他约到了我常来的这间古旧的酒吧。这里没有人会打扰我们。

在我点第二杯威士忌时，黑泽均走了进来。

"好久不见。不好意思啊，叫你抽空出来。"黑泽一眼就看到了我，他咧开嘴露出一排洁白的牙齿，向我走来。他跟我之前见到时没有多少变化——一件黑色的高领毛衣外罩着灰色的西装，不时用手拨一下长长的头发。他面容瘦削，脸颊和下巴较为突出，给人嶙峋的印象。在旁人眼里，与西装革履的我格格不入。

而我俩如今就并排坐在了吧台旁边。

黑泽又说了句"对不住啊"，就环顾了一下四周。

"气色不错嘛。"我先打招呼。黑泽点了瓶啤酒，把它倒进服务生送来的玻璃杯里。我端起杯子正准备跟他碰一下，他却一口喝干了，紧接着又往空杯子里倒了一杯。这回他没有马上喝，左手中指有节奏地轻轻敲起桌子。

"干吗？不是说有事？"

"嗯，嗯，我正考虑怎么跟你开口，先捋一捋思绪。"他说着拨了拨头发。

我喝着威士忌，又等了几分钟。黑泽用力点了点头，打开了话匣子："我把它称作时光机的话，你可能比较好理解。"黑泽张口来了这么一句。

"时光机？你是说动漫和科幻小说中常出现的那个可以往来于过去和未来的交通工具？"

"嗯，不能算是交通工具吧。就是一个可以去往从前的机器。"

"你是说你造了一个？"

"嗯，造好了。"他轻描淡写地说。我不相信，可我并不意外，便闭上了嘴。黑泽反倒恼了："你在笑我傻吧？"

"嗯。这种东西理论上都站不住脚。"

"没有站不住脚。你要听，我马上可以向你解释。"

我并不想听什么理论，可他似乎很想说。

"我从没想过要发明什么时光机，可按照理论一路假设，结果就造出来了。我最初是在研究虫洞的稳定性。所谓虫洞就是存在于时间和空间之间的泡沫隧道，如果让泡沫连接部分的一面超速运行，就可以到达一头通往现在一头通往过去的状态。虫洞中所发生的运动就是过去和现在之间所做的运动。我们要做的就是将这个微小的虫洞扩大化，并且固定下来，不让它消失。而我几个月前终于做到了。只有一项不是我的发明。我们需要一个发射负能量的装置来固定虫洞，而我恰好听说有人开发出来了，是隔壁研究室的家伙跟我说的。"

我不由得皱起了眉头，在我的常识中负能量是不可能存在的。即使有也一定属于特殊领域，而黑泽却误以为我没听懂。

"我已经尽量给你讲得通俗易懂了，不过你不需要更深刻地理解。重要的是，你得接受通过这些理论来接受我做出了一个可以通往过去的装置这个事实。"

我说："我知道你不会夸夸其谈，即使你做的远远超出我能理解的范围。"

黑泽满意地点了点头："多谢。而我想跟你说的是另外一件事，刚才不过是个引子罢了。我现在要做一个选择。到底选哪个好呢？"黑泽仿佛很难抉择，他用左拳轻轻地敲了敲自己的额头。

"我哪知道？什么事啊？"听见我说，黑泽噘起嘴，重重地点了点头，说："嗯，你先听我说。"于是他讲了起来：

我刚才提到时光机，我将它正式命名为虫洞固定装置。如果叫它时光机，那一般就会认为它能自由地穿梭于未来跟过去。我的这个装置没这么方便，首先它无法去往未来，能到达的过去也极其有限。它只能回到跟虫洞相连的那一部分从前。我刚告诉过你，虫洞是存在于时空之间的泡沫。这些被虫咬过的洞泡沫般连在一起，与不同的年代相连。它不能随意选择年代，一头必须固定在现在，而另一头则随机地连着一个过去。

装置完成后，我想都没想便到过去走了一遭。你觉得我决绝？我又没有什么需要守护的，对这个世界也没多少留恋。至少当时是。所以，我更乐意当个试验品去看看过去的世界，好奇心战胜了一切。

于是，就在几天前，我激动地开启了虫洞固定装置。东西并不大，你就想象它是一个装了门的怪东西好了。倘若你能想到启动时黑色的机器缝隙中会发出一道道彩虹一样的光，那就很容易理解了。

当我打开这扇已经启动的大门时，心里确实挺害怕的，大概出于本能吧。不过，好奇心很快占了上风。

大门里面看上去就像是一种会发光的液体金属。

我往口袋里塞了一个拍立得，站到门前，慢慢地将右手伸进去，一旦感觉异常就马上缩回来。是的。这扇门对面有可能就是一个真空的大宇宙。我没有任何不适，于是毫不犹豫地走了进去，我进到了虫洞内部。

刚进去时，身体有点麻酥酥的，等整个人都进去后这种感觉就消失了。我像走进了一个巨大的肥皂泡，泡沫那头晃来晃去的，光线不断变化。我凑到近前才发觉自己像是站在了一个屈光度很奇特的镜子前，那一头就是另外一个时代了。

我跟从水底钻出来一样，再次进入了一个"时间膜"。那里面既非黑暗的宇宙也不像海底，而是一片密林。

我无法正确地判断出自己此时所处的年代。只不过周围到处是巨树和羊齿类植物，它们枝蔓缠绕，还有许多不知名的草本开着一朵朵小花。我听见许多飞虫在鸣叫。

我立定再次确认了一下刚才的虫洞。我当然得这么做，倘若虫洞消失，那我就再回不来了。

虫洞仍在原处，它像一个银色的圆球一样漂浮在宇宙中，太不可思议了，就像我们在马格里特的画中看到的那样。

我往边上走了几步，尽量贴着"时间膜"。我当时就想搞清楚自己到底处在哪个时代，虫洞固定装置能把我们带往多少年以前。我原以为这件事很容易，比如看看周围人的服饰，听听他们谈话。可当时我周围是一片密林，一个人影都没有。我环顾四周，感觉类似的风景可能存在于任何时代。或许我穿过这片原始密林，就能看到一个城市或者村落。又或许当时人类还未诞生。我感觉自己已经没法用一般的人类时代来衡量眼前的世界了。人类也有不能尽知的领域。虽然我对虫洞颇有研究，却连身边一棵树的名字都叫不出来。倘若我没看到恐龙或者武士，那便只有博物学的专家才适合这样的时间之旅了。

然而直觉告诉我，只要我走出密林，那就一定会去往一个极其遥远的过去。我现在的研究室，是三十年前的建筑，但这里几百年前就有人类生活。

我小心翼翼，不去改变周围的环境，倒不是说环境方面有什么问题，因为我知道时间是会逆转的。

比如改变过去。比如说来自未来的访客改变了过去的历史，那未来也会随之变化。我可不希望发生这种事。

倒不是我没兴趣。如果我能随意选择去往某个时代的话，兴许我会考虑来一次时间逆转。就像我很小的时候，父母因为空难身亡了。倘若我能回到那个年代，那我肯定会想尽办法阻止他们搭乘那架发生空难的飞机。这么一来，至少我就不会像现在这样生活。

可我没有这么做，我回到了一个未知年代的过去。我只想搞清楚我身处何时，然后就返回。

我又走了一会儿，到了一个野草萋萋的草原。我看到草原上有生物。它们的嘴呈铲状，长约七八米，既不像大象，也不像河马、犀牛，嘴里伸出两颗长牙，浑身覆盖着褐色的短毛，是一种巨型哺乳类。我赶紧掏出相机，拍了几张照片。就是这个。

你说它像长毛象的构想图？当时它们是一大一小两只，这到底属于哪个时代？一万年以前？

这些动物大概都绝迹了吧，我以前从没见过。是吗？是长毛象？它被我的闪光灯吓得吼了起来，之后便朝我跑来，速度特别快。我马上拼命往密林里跑，身体都被树枝刮伤了。途中我还看到靠着大树休息的树懒，大约有六米长。可我没看到虫洞，我几乎疯了，不停地在周围打转，突然眼前出现了一只拳头大的蚊子。等它停在我肩膀上时，我吓得惊叫起来，照相机也差点掉了。

跑了好一会我才找到虫洞，脚下一滑踢到了一个三十厘米长的石头。我不想再待下去了，便跳进"时间膜"，打算回来。

我本以为我会回到自己的研究室，没想到却不是。

虽然虫洞固定装置还在，屋里却十分整洁，而且桌上还放了一瓶花。这种东西怎么可能出现在我那个阴暗冷清的研究室呢？花瓶旁边居然还有一本本子，上面写着名字——茅见江里。

那不是我的研究室。虽然也有虫洞固定装置，跟我的研究室十分相像，却不是我的现实空间。

黑板上写着一些算式，我一看就知道，因为那是我在制造固定装置时用过的算式。沙发上放着一份报纸：连锁融合现象在扩大；罗姆修共和国毁灭，下周实行贝里里制王国；难民涌向煤气沙漠；AC诸国关闭股市。

我惊呆了，我到底在哪里？怎么跟我所居住的时代如此不同？整个世界都变了。我想好好看一下报纸，便伸手去取，可我摸不到它。我跟那里的物质有隔阂。我还以为自己进到室内了，不料却是把"时间膜"撑大了，它并没有把我送出膜外。我还在虫洞里，那层膜很薄很薄。

我恍然大悟。我利用虫洞固定装置回到了过去，所以过去没有的事发生了。就因为我刚才踢到了一块石头。那块石头算什么？它改变了历史啊。就是这样的。

不对吗？你想一下。那块石头底下很可能有虫卵，那成千上万的虫卵原本是要孵化的，它们也许会变成蜥蜴、青蛙的食物。如果蜥蜴和青蛙被饿死的话，那以它们为食的更大型的动物就也会随之变化，有些物种就此消失，有些则改换了交配对象。我刚才说我身处一万年以前吧，所有变化经过一万年的叠加，历史就被改变了啊。历史的尽头就不是我们的世界了。那台虫洞固定装置也不是我发明的，它是另外一个世界里的某个人做的。那个人是谁？

就在这时，一个女的走进了研究室。当我看见捧着书穿着白大褂的她，一下子呆住了。你问我为什么？我再怎么解释你大概都不相信。

我从前对女人一点没兴趣，总觉得这些事很麻烦。而当时我心中竟涌出一种连我自己都搞不清的感情，根本没法控制。刹那间我感到她就是我想要的人，我想跟她一起生活，想和她说话。

你别笑。千万别笑。我是认真的。当时的感觉尤其神圣，因为它已经超出了我的思想。我虽然不想老套地称其为坠入情网或者一见钟情，但那是真的。

她长长的黑发一丝不乱地束在脑后，细长的眼睛跟笔挺的鼻子，让她的脸上散发出知性的魅力，而且她身上还有一种与我相似的阴郁气质。

她的胸前绣着两个字——茅见。

她就是这间研究室的主人，一定是她造出了虫洞固定装置。

没错，这位名叫茅见江里的女人原本不在我所生活的世界里，她没有诞生在这里。她是因为时光逆转而来到这个世上的，我竟爱上了这样一个女人。

我没法讥笑事情的荒诞。在我的原生世界里，我找不到一个称心的女人，却因为时光逆转而与她邂逅了。

通过报纸上的那些消息，我很清楚这里与我的原生世界截然不同。然而，它却存在于固定装置的另一端，原理和构造都一样。为什么环境发生了变化，而虫洞固定装置依然存在呢？

当时，我想起自然具有选择不矛盾事物的属性。

也许我改变了过去，可事实上虫洞的"时间膜"依然存在，所以通过"时间膜"与现代相连的虫洞固定装置也依然存在。这么一来，改变历史就需要在以固定装置的存在作为绝对条件下进行。我所不存在的"现在"，正因为需要虫洞固定装置这个事实，便生出了一个茅见江里。

茅见江里完全没有发现我。

我只有一种选择。就是再次回到过去，回到那块石头旁边，通过移动石头才能将永恒岁月中的生态变化降到最小，才能让我回到发明出虫洞固定装置的现代来。

而一旦现代毫无矛盾地接收了我，她就会消失。我绞尽脑汁，想找出一种方法去告诉她这世上还有我这么个人。可我想不出来。即使能联系，我和她也不可能在同一个时空存在。

茅见江里转过身，坐到了桌前。

我跟自己说——就这么在这里贪恋着她也不是办法，我必须抛开这一切再次找到通往过去的出口。

我朝那块石头底下看了一眼，果然密密麻麻的都是白色的虫卵，跟我想的一模一样。正因为这些虫卵无法孵化，未来的世界才被改变了。

我把石头放回了原地，重回"时间膜"，这样我才回来了。

不，不，不，我的话还没说完。这才是个开头。

现在我周围的一切都那么熟悉。我的研究室里没有花，跟从前一样乱，桌上的笔记本名字写的还是黑泽均。

逆转的时间被修复了，我又回到了现代社会。这几天我过得十分平静。尽管我正一步步恢复原先的作息，可我感觉自己还是变了。我修复了被逆转的时光，却没能修复自己的心。我在另一个"现代"研究室中见到的茅见江里已经深深地印在了我的心上。而我在现实中不可能遇见她。

每当我看见研究室的大门，就感觉她会从那里走进来；而我站在虫洞固定装置前环顾整个研究室时，脑海中就会出现她坐在桌前的形象。我本来希望这些记忆能慢慢消失，没想到事与愿违，我越想忘记，她的身影就越发清晰。

所以我便开始期望，哪怕一次也好，我还想再见她一面。你可以认为我是得了相思病。然而若要我决定眼前最想去做的事，我一定会把她放在第一位。我想再把时光来个逆转，我想再看她一眼，之后就把这一切统统忘掉。

当然我心里还有另一个声音在提醒我，做这些有什么意义？茅见江里和黑泽均是无法存在于同一个时空的。现实大声地告诉我一切都是枉然。可我还是无法抑制自己内心的冲动。

我又通过虫洞固定装置去到了一万年前的过去，我移动了那块石头。

最后一次了。我告诉自己。

江里正在研究室里。

找她过得要命。江里却从来不知道世上还有我这么个人。她今天没有把头发扎起来，十分落寞地看着我，不，是看着研究室里的虫洞固定装置。我也紧紧地盯着她，企图将她的表情统统印在脑海里。她在这个世上究竟是如何生活、如何成长的呢？她的声音好听吗？她平时怎么说话？为什么会研究虫洞呢？问题一个接一个地从我心底冒了出来。

此外，这里是一个怎样的世界呢？

突然，我想到了一件事。倘若真在现实中见到她，我该跟她说些什么？我会不会一句话都说不出来？而她是不是连看都不会看我一眼？

江里朝我看了一会儿，就把视线转到了桌上，然后抬起头若有所思地望着某个地方，随即又埋首到她的笔记本里，飞快地写了起来。

江里在写什么？我当时并不知道。

我感觉再待下去也是徒劳，除非能找到方法跟她交流。

我重重地叹了口气，只能等着出现奇迹。然而会有什么奇迹呢？希望太渺茫了。快回去吧，我跟自己说。

就在这时，奇迹出现了。

茅见江里停了笔，她把本子竖了起来。我几乎要喊出声了，原来她在画画。

是一幅人像画，一个年轻男子的人像。江里凭借记忆画出了一个男子的样貌，而我一眼就认出了他。江里画得太像了，我一下子就看出她画的就是我。

她把画像从本子上撕下来，贴在墙上，然后用铅笔在画的右角写了几个字："MR.黑泽均"，以及"BY江里"。

我几乎喊了出来。怎么回事？她怎么会认识我？

为什么她不仅认识，还为我画像？我只想到一点，那就是她认识我，一切都是真的，我给她留下了深刻的印象，所以她才会画出我的肖像。

莫非……难道江里也曾通过她的虫洞固定装置去过过去？而且她也改变了过去，并到过我的"现代"？

她曾在我的研究室里见到过我，而她也无法存在于我的时空，便不得不返回。

灵光一现，我感觉自己可以向她传递想法了。我激动不已，掉转身就走。

我把石块移回原位，回到自己的时空，把研究室角落里的一块黑板搬到了虫洞固定装置前，擦去了上面写着的算式，开始思考该如何向江里表达我的想法。

千言万语在我心中，我却不知该如何写起。

我先在黑板的左边用大字写下了她的名字：

给茅见江里。

然后是，黑泽均字。

刚开始我也很想学江里给她画一幅肖像，可我很快就打消了这个念头。我实在不擅长画画，关键是我更想跟她说说我的心里话——

我不知该如何表达。我在你的时空中见过你，很想跟你说几句话。我造出了一个虫洞固定装置，而现在才明白它的意义所在。它的制成完全就是为了让我能遇见另一个时空中的你。我相信你一定会读到这封信。请理解我此时的心情，我需要你。同时我也很想了解你。过几天我准备再去一趟你的时空，希望届时能看到你的回信。

写到这里，黑板就全写满了。我坐在椅子上，静静地看着虫洞固定装置。屋里应该会有江里到过的痕迹，可我没有发现任何异常。我相信，江里一定还会再来的，因为我也很想尽快再去她那儿。

一个小时后我把双手伸进虫洞固定装置，准备再次启程。不料我却进不去了，我被弹了回来，我试了两三次，结果都一样。我赶忙去检查仪表盘，各项数据都很正常。

后来我又进到了"时间膜"，那次非常顺利。

莫非……

我想，莫非茅见江里刚才就在"时间膜"里？

我搬动那块过去的石头，又想到了一件事。我跟江里谁才是原本就存在的？

我觉得是我出生，长大，开始研究工作，然后回到过去，改变历史，最终创造出江里的"时空"。而事实上，有没有可能江里所在的时空才是真正的世界呢？她比我先一步回到一万年前，改变了历史，再创造出我的时空？

不，如果真这样就辨不清真假了。我这么对自己说。

最重要的是我跟江里都知道了彼此的存在。

等我到达她的时空时，虫洞固定装置前已经搬来了一个连着大投影的打字机。江里正面向我拼命地打字，字符一个一个映在了投影机上。我想她大概刚刚看过我在黑板上写的字，因为她的鞋子上沾着一万年以前的泥土。我从墙上看到了她写的：

黑泽均。我太开心了，现在激动死了。我刚从你的时空回来，你知道我有多震惊吗？我真不敢相信。当我通过自己的装置误入你们的时空，我简直不知如何是好，太绝望了，想出也出不去。就在那时我看到了黑泽君。您当时一点都没发现我。而您光临我的时空时，我也没有发现您。

我同样无法忘记您。从前我一直埋头研究，还是第一次经历这样的事情。

我看到黑板了，您的字好可爱（笑）。我也跟您想法一样。现在能得到您的信息，真的太感谢了。整个地球很快就会因为 AC 地区的连锁融合现象而消失，到时我也会跟着消失。能在消失之前体验到如此的幸福，多亏了黑泽君您啊。

也许我们不能在同一个地方同一时空相见，我仍然要感谢您给予我的幸福。

老实说，刚才在黑泽君的时空时，我正在虫洞里，所以你进不来。不过我因此有了宝贵的体验。我触摸到了黑泽君伸过来的手。大概您自己不知道，我到现在还能感受到您手掌的温度。

我还会再去造访的，因为我们的时空已经时日无多。我要尽量多跟您见面，看到您。

茅见江里

江里站起来，朝我走来，她把两只手伸给我。我也情不自禁地把手伸向她。那时，我第一次明白了江里的感受。我感觉到了她的柔软温润。然而，她却不能进到虫洞中来。我看到她的双唇在动，却听不见她的声音，不过我能很清楚地看到她的口型。

"你在那儿吧？"

渐渐地，她的眼里溢满了泪水。我努力地读着她的口型："想见你，想和你说说话"。

我发现我流泪了。

之后我们就像疯了一样，一次一次进行着这样繁琐的联系。我在黑板上写，她则不停地敲打键盘，就这样来来往往。

我发现江里跟我不管是成长的经历、爱好以及待人处世的价值观都极其相似，几乎就像镜子里照出的两个人一样。所以江里理所当然会在她的时空中造出虫洞固定装置。然而我们终究没法同处于一个共同的空间。有一次我们想出了一个方法，就试了试。

我们考虑如果江里一直等在一万年前的时空，说不定我们可以在那里碰上。然而她却没有出现。我一前往她的时空，留言就更新了，我没有见到江里。大概她前往过去时，我们之间出现了一些极其微小的时差。

我记起小时候曾读过一个童话，讲的是一个被施了魔法的王子和他的恋人。两人的爱情惹恼了魔法师，魔法师便改变了他们的样貌。太阳出来时王子变成老鹰，太阳落下时他的恋人变成猎豹。太阳落下时王子恢复人身，太阳升起时恋人恢复成人。所以他们永远无法以人的姿态相见。就是这么一个童话，我觉得类似的情况就发生在我和江里身上。

你是问王子和他的恋人最后怎么样了？

我记不清了，应该很圆满吧。爱情引发了奇迹，两个人都恢复了人身，好像就是这样。

总之江里所剩的时间不多了。我开始还没把这当回事，后来才知道其实她的境况十分危险。

她所在的时空与我们基本一致，都是一个世界。然而还是有些差别的，比如我在这里，而江里在那里，诸如此类。可我发现我们还有一个最根本的不同，那就是江里所在的时空正在走向消亡。这是通过几次交换信息后，我才知道的。也就是她所说的"连锁融合现象"。

　　江里所在的世界正在开发一种新能源。这种能源既便宜又洁净，而且取之不尽。从理论上说这项开发已经完成。他们那儿有个相当于我们欧洲的 AC 诸国，其中某个国家造出了一个"融合炉"。据说试运行时很顺利，全世界都为这种新能源的诞生而疯狂。因为它既不需要核燃料，又十分稳定，可以随时引发原子级别的核连锁反应，还能利用很难处理的核废物。

　　可一进入正式启动，"融合炉"就不听指挥，几个小时不到"融合炉"便无影无踪，只剩下一个名为"连锁融合"的现象，据说它目前正在不断扩大，没有办法也不可能控制。它将吞没地上所有的物质。她精确计算出了连锁融合现象吞噬自己的时间，时间已经不多了。

　　就在今晚十一点十五分。

　　江里所在的世界就要消失了。这才是我要跟你说的有关选择的问题。与其说是选择，你知道我的脾气，我已经想到了解决的办法。

　　今晚我要去救江里，不过我需要有人帮我。我想请你帮忙，我不认识别人。我想让你来做。

　　我通过装置前往江里的时空，一旦那里消失，江里就能替代我回来。你确认她安全后就立刻销毁虫洞固定装置。

你为什么一脸奇怪的表情啊？不相信我能把她救到这里来？

其实，不是刚才说的那个童话，我也曾通过"时间膜"创造了一次跟江里接触的奇迹。就是我通过"时间膜"触碰到她的手指的那次，我从她的口型上读到她想见我的那次。我永远也忘不了。

我想去她那儿，想和她在一起。我心心念念着，尽管我知道这不可能，可我仍旧时时刻刻这么想。

有那么一瞬，我的愿望竟然实现了。

我想那次一定是我的渴望到达了极点。那一瞬间，在虫洞中的我竟然和在另一个时空中的她发生了倒转。我到了她的时空，进入了她的研究室。而江里却不在。

我不知道为什么会发生这种事，大概是我跟江里互成镜像吧，不过我可以肯定那绝对不是我臆想出来的。之后我马上就又进到虫洞，回到了现代。

要不是发生过这种情况，我根本不会去想。只要能把江里救出来，我可以替她去死。我早就做好了准备，我要救她。

我想拜托你的就是，今后帮我照顾江里，还有毁掉虫洞固定装置。人类不需要这样的时空旅行。我们从未见过来自未来的旅客。我觉得虫洞固定装置在整个科学史上也不过昙花一现。装置没了主人，就没有了存在的价值。

黑泽均一口喝干了剩下的啤酒，等着我的答复。我看了看表，已经是晚上九点半了。时间不多了。黑泽一定算准了，他肯定我不会拒绝。

"拜托了。"黑泽又说了一遍。他正准备为了他这一生最钟爱的人献出生命。他指定由我去为他的决定推波助澜。我为他的纯粹和决绝感动。尽管那些虫洞固定装置、连锁融合现象以及时空反转，在我听来都云里雾里的，可如果能帮助黑泽完成他的信念，我就该去做。

见我答应，黑泽紧紧地握住我的手，一再表示感谢，眼里竟泛起了泪花。

黑泽的研究室跟我想象的一样杂乱无章。而能证明刚才他所说的一切都恰有其事的虫洞固定装置此时就在屋子的中央。装置跟他描述的一样，前面还有一块黑板。

你的时空消失前我定会去救你。相信我，站到装置前来。

黑板上写着这几句话。他真打算这么做，拿自己的命去换。

"现在十一点刚过，我要进去了，十一点十五分我将和江里在她的时空中对换，她十一点半之前应该就能出来了。你到时候就把装置毁掉。"黑泽指着一个红色的按钮说，按钮装在会引发负能量的零件上："你按下这个，它就会变成一堆废铁。"

"好。"我答道。黑泽拥抱了我："多亏有你这个朋友。"他朝我挥了挥手，毫不犹豫地跳进了银色的液体金属一样的装置入口。

随后研究室里就只剩下了寂静，我看着手表，等着那个名叫江里的女子。

十一点十五分，江里的时空马上就要消失了，黑泽能把她完好无损地救出来吗？

我坐在椅子上想着。

十一点半了，又过了很久，时针已经指向了十二点。太晚了。难道黑泽失败了？我不知道自己接下来该做些什么。我既不能走，又不能毁了装置。直到十二点半，我才做出了一个鲁莽的决定。我得亲眼去见识一下那个时空，应该不会有生命危险的。见识过以后再想办法也不晚。

我战战兢兢地把脚伸进了虫洞固定装置。装置的另一头就是黑泽所说的属于过去的密林。可接下来我不知怎么办了。

黑泽说要去移动一块小石头，可我身边有无数的石头，他移动的到底是哪一块呢？没时间多想，我决定就动一下离我最近的。不过我不肯定它就是黑泽动过的那块。

我回到了"时间膜"中，希望找到江里的时空。

我看到了一个研究室。跟刚才的不同，这个房间特别明亮，不是之前的那个。可它又不属于江里，这里并没有消亡。

我看到屋里有人。是一个年轻女子，她正在键盘上敲打着什么，女子聪明又漂亮。她一定是江里。就在这时另一个叫我吃惊的画面出现了。屋里不只有江里一个，还有另一个人。

是穿着白大褂的黑泽。

他拿着两个咖啡杯向江里走去，两个人交谈了几句，脸上露出了微笑。

我还是第一次看见黑泽有这么明媚的笑容，他的衣着也跟从前不同，发型全变了。

这里不是"连锁融合"发生的时空。就像黑泽跑去救江里的那个时空一样，世界上另外还有许多时空。而我恰好进入了其中的一个，在这里，黑泽和江里是一对研究搭档，也可能是恋人。

这样的时空也完全可能存在。

我大概移错了石头，却看到了有可能存在的另一种未来。这里自成天地，也合情合理。

我就此离开了它，重新回到了自己的现实中。

时光尽头的颜色

　　倘若要我回忆过去，不知何故，我总觉得那一切都是深棕色的，就像贴在老相簿上褪了色的旧照片。不知道别人有没有相同的感觉，在我却是如此。

　　可唯有一个回忆我终究找不出原因，每每想起都呈现出原色，而并非深棕色。为什么会这样？我也说不清。莫非是我记忆深处的错觉？

　　那情景又不完全充满色彩。那时我七岁，住院的母亲已病危，我的内心满是无法言说的不安，和对即将失去母亲的恐惧。尽管我已稍明事理，感情却还不曾细化。我惶恐不安地记得那些场景依然是一片深棕色。

　　只是有几束原色的光从我眼前一闪而过，在深棕色的病房角落里就像彩虹一样，这便是我唯一有色彩的古老记忆。时间已经过去了十几年。那抹彩虹却像谜一样留在了我的脑海里。

　　我到艾鲁姆电子开发公司工作已经四年了。是抚养我长大的婶婶推荐我来的，我原本一直这么认为。

献给美亚的珍珠　　　　　172

婶婶在我踏上社会的那一年，就上了生死簿，而艾鲁姆公司刚成立不过十年。我不知道不善理财的婶婶为什么会向我推荐这家公司。不过入职前，我还是做了一番调查，得知公司规模不大，利润却不低，且正处在高速发展的阶段，于是我参加了招聘考试。婶婶也说这家公司跟我有缘。

　　艾鲁姆电子开发公司主要通过制造一种特殊的芯片，来垄断行业内的利润，规模不断扩大，估计很快就能上市。我参加招聘时，第一次见到了社长，他对我进行了面试。

　　社长名叫神户纯也。

　　当时主要由总务部人事科的人负责提问，社长目光炯炯地打量着我。我很意外他居然这么年轻。他一边观察我的反应一边不时颔首点头，等面试快结束时，才问了我一个问题，他的目光那么深邃。

　　"保利政树君，我们是生产特殊产品的企业，在社会上知名度还比较低，你是怎么知道我们公司的？"

　　按常规，我本该回答是婶婶推荐的，可我当时给出了另一个答案："我最初听说，是在很小的时候……好像是妈妈告诉我的。"我自己都很讶异，我竟会如此回答。

　　"我记得不是很清楚……"可很快我就发现我并没有记错。

通常某些事情没被想起来时，人们就按部就班地生活，而一旦受到刺激记忆便重新出现。我回答时就属于这种情况。我本以为是婶婶把公司的名字告诉我的，事实上，社长一问，我的记忆才完全恢复。

于是社长不再提问。

婶婶确实跟我提过艾鲁姆公司，不过我现在回想起来，一定是妈妈曾经跟婶婶说过的缘故，或许妈妈说起的这个公司给婶婶留下了深刻的印象吧。

我从没听妈妈谈过我的父亲，婶婶似乎也不清楚，所以看履历我就是一个无父无母的私生子。不过这些不利因素并没有影响我进入艾鲁姆公司。

公司里有大约八十名员工，生意遍布世界各地，年销售额高达六百亿日元，不过负责生产主打产品艾鲁姆芯片的只有十几人。其余的六十几人都是打工仔，主要在生产线上。公司的毛利虽已超过了五百亿日元，但大部分义被投入新产品的开发，纯利润就只剩下几个亿。神户社长相信开发费等同于促销费，所以剩余职工的六成都在开发部门和企划部门工作。凭八十来个职工就可以创造出数亿日元的纯利润，这家公司确实实力非凡。

公司的名气不大，但从实际业绩来看，创建十年就能如此成功的企业也并不多见。可见公司的主打产品确有其独特的价值。

我被分配到了开发四课，这个部门主要负责增值软件的开发。后来又到开发五课，负责开发面向生物电脑的可替代微型芯片的单细胞生物。虽然我在这两个部门都没有取得什么惊人的成绩，但很喜欢每天的工作内容。

一天社长把我叫了去，我好紧张，心想刚进公司不久，老总为什么要找我呢？我忐忑地敲了敲社长办公室的门："我是保利，我进来了。"我两手发抖地走了进去。神户社长正站着在等我，他一看到我就张开双臂，叫我到椅子上坐下。我感觉他的举动不太像日本人。

"坐吧。别客气。"神户社长和蔼地对我说。我遵照他的指示，微微行了个礼便在待客的沙发上坐了下来。

这是我第一次进社长办公室，没想到屋子并不大。除了刚才我进来的房门以外，里面墙壁那儿还有一扇门，可能后边就是社长的私人空间了。我以前听人说起过。

我们公司的用地是社长私人的，所以他家就在公司大院里。除了住处以外，社长好像还有一个私人的研究室，一般的职员都不知道。

社长这次并没有用他深邃的眼眸看着我，而是格外在意我似的笑了笑。他从冰箱里拿出一瓶果汁，叫我喝，然后自己也坐到了沙发上。当我发现他的肩膀在微微颤动时，我立刻明白了。社长很高兴看到我到他的办公室来，掩饰不住自己的激动。说实话，社长还非常年轻。大概只比我大十岁。他这个年纪还不擅长掩饰自己的情绪。

可他为什么会对我这样一个普通职员的来访如此兴奋呢？这个问题首先从我脑海中冒了出来。这时桌上有响动，我忙朝桌子看去，却没发现声音的来源。

"没事的，保利君。工作方面怎么样？"社长很客套地说，"五课现在是在负责制造生物芯片用的生物开发吧。"

"是的。"我答道，我已经不再理会刚才听到的声音了，"只是从一开始到现在，我们并没有什么实质性的进展。目前我们还在各种候补的微生物中摸索。"我在回答问题，而社长好像并不感兴趣，只敷衍地点了点头。

"产品开发可不是一朝一夕就能完成的。我不会像其他公司那样急着要结果。当然如果收益上连续出现问题，那就另当别论了。"他款款地说了一句，好像一开始就没对我的回答抱多大兴趣似的。

社长一定最重视开发一课的工作，他经常会去那儿转转。

开发一课的工作内容属于炼金师的范畴，也可以算开发永动机吧。他们现在在研究一种超越时间的设备，也就是时光机。

其他部门都是由本课的负责人来选择课题，只有一课的课题是由社长亲自指定的。为此大家都在传说，开发一课的人都是社长精挑细选的，可他们的进展也不快，离实用阶段还差着十万八千里呢。大家更热衷于议论开发一课中的奇人奇事。

"您叫我过来是？"我问。

神户社长将大拇指和食指撑在额头上，仿佛在思考如何作答。我还是第一次看到社长这样一副表情。

"接下来我要跟你谈的，大概会让你觉得很奇怪，不过你只管听着就好。我下面要说的并不是社长跟职员之间的谈话。虽然现在是工作时间，我们又都在办公室里，可我仍希望能跟你平等地谈论这些事。"社长踌躇着说。

我便只答了一句："好的。"

社长满意地在他穿着白色牛仔裤的膝盖上敲了一下。社长在公司一直是上身一件卫衣或者衬衫，下身一条白色牛仔裤。因为从年龄上看他就像我们的学长，所以这种打扮我们也不觉得不妥。

社长挠了挠头，片刻后突然开口道："保利君，你知道时光机吗？"

我对他的提问反复思索了一番，搞不懂他为什么会对一个并非管理层的我，问出这样的话。

"就是过去电视动画片里常出现的那种幻想出来的东西吧。我听说是一个叫威尔斯的作家想出来的，好像坐上这种机器就能自由地在过去和未来之间穿行。"我答道。这答案很普通，就连路边经过的孩子都知道。

"是的。"社长点了点头，他没说话，等我继续往下讲。我却不知道该再说些什么了。沉默叫我发窘，我得再找些话头："听说开发一课正在研发这种时光机，社长也很关心他们的进展。"说完我才发觉最后这一句有点画蛇添足。因为这不是一个普通职员该多嘴的。然而我没想到，社长听后仍十分平静："对，一课是在研究如何进行时光旅行。但还是很初步的研究，连假设阶段都还没有达到。根本原因在于他们犯了一个认知上的错误。他们连时间到底是个什么东西都没搞清楚。"

"那您向他们指出来了吗？"听见我问，社长重重地摇了摇头："没有。我不能随便将先入为主的印象强加给他们。让他们自己去思考，去想。如果成功了那他们的理论就站得住脚。可现在看来我大概过于乐观了。"

我感觉神户社长好像根本不相信他们能造出时光机，然而，他向我提出了这方面的问题。"保利君你怎么认为呢？你觉得我们能造出时光机吗？"社长的眼里又闪现出天才般的深邃光芒。

"我……不知道。"我坦白地说。因为在一个才华横溢的社长面前耍小聪明，没有任何意义，假设暂且不论他对此是否满意。社长在沙发上坐直了身体，双手抱在胸前，聆听我的回答。

"一般人都这么想吧。"社长自言自语了一句，站了起来，他走到里面那面墙壁前，停下来冲我招了招手。"保利君，过来，我让你看看我的房间。啊，是这个啊，刚才的声音。"他在地板上捡起一枚螺丝，把房门打开了。我跟在他身后，走进了跟办公室相连的里屋。

房间十分宽敞，应该说是一个宽敞的储物间，大概社长的起居还在其他地方。这屋里满是电脑和各种不知做什么用的设备。

"这就是造出第一个艾鲁姆芯片的东西。"社长环顾了一下四周，向我感慨道，"我从没给职员们看过我的这间屋子，保利君是第一个。"

社长的这句话就足够叫我紧张的了："那您为什么要我进来呢？"

社长没有回答，他朝里边一个盖着塑料布的机器走去。

那是一个圆锥形的大家伙。社长掀开塑料布，下面是一个陌生的装置，绕满了线圈。

"这就是时光机。"神户社长轻松地说。

我几乎不相信自己的耳朵。

"已经造出来了？一课的同事……"我用尽了全身的力气，才说出这么一句，一切发生得太突然了。

"不是，这不是一课造的，是我造的。"

我反应不过来，脑子里充满了疑问。

"我先来告诉你吧。我不是什么天才，老实说艾鲁姆芯片也不是我发明的。只是通过这个时光机去了一趟未来世界，把从我经营的艾鲁姆电子开发公司买来的东西重新复制了一下而已。"神户社长若无其事地说，而我觉得这是个测试，自己是被当作了一件试验品。

"艾鲁姆芯片不是社长发明的，那是谁发明的呢？"

"发明它的人并不存在。从表面上看，是我发明了它，而这只是把古代的时间反过来的说法。谁都没有发明艾鲁姆芯片，它就存在于时间的长河中，而我注定会捡到它。"

"这玩意儿是真的吗？太了不起了吧？"我的语气中明显带着疑惑，却连自己都没注意。神户社长从那个圆锥形的线圈中拉了四个连着电线的金属配电板，把它们放在了屋子的四个角落里。

"保利政树君你好像还不相信这个时光机吧？"社长转了转机器表面显示屏底部的几个转盘："保利君，

你的手表现在几点？”

"四点零五分……"

社长轻轻点了点头："好，那我们就回到十五分钟之前去，回到三点五十分去。"我不知道社长是怎么操作的，似乎是转动了几个转盘，总之跟我想象中操纵时光机的动作完全不一样。等弄好以后，社长就用右手将刚才那个金属螺丝向上抛了几下，边抛边朝我走来。他的左手上还拿着一个很小的四方形遥控器。

"那我们走吧。"他把小遥控器对准了时光机。

"好。"话音刚落，我就感觉被一道彩虹似的光包裹了，虽然就那么一瞬，我却像全身被什么挤压了一样。

我长长地出了一口气，一切都好好的。我看了看手表，指针仍指着四点零五。屋里也是老样子，完全没有变化。

"怎么了？时光机出故障了？"听我这么说，神户社长奇怪地看了看我。"故障？怎么会出故障？我们已经回到了十五分钟前的世界了啊，"说着，他诡秘地一笑，"是啊，这似乎还没法让你体验到时间之旅吧。那你到这里来看一下。"神户社长把我带到了跟社长室相连的墙壁前面，墙上有个小洞。当我们在社长室的时候，它只是墙上的一个小花纹，根本看不出有个窟窿。

"你往里面看一下。"社长说着，朝另一个小洞看了一眼。

"哦，哦。"我也朝洞内看去。我看到了社长室。还有……我差点就惊叫起来。因为我看到，就在我身边通过小洞往里看的神户社长，正站在社长室里。

"那是十五分钟以前的我。"神户社长在我身边说道，他丝毫不觉得奇怪。绝不是录像或者什么全息影像，我清楚地知道是社长本人站在社长室内。

有人敲门。

声音好熟悉。

"我是保利，我进来了。"

当我看见走进屋来的男人时，差点吓昏了过去。因为走进社长室的人就是我。

"那是十五分钟前的保利君。"

我目不转睛地看着，这么看着自己叫我浑身说不出的不自在。我干吗那么紧张？那么软弱不成气。

"保利君，你看。"神户社长把他右手上拿着的金属螺丝从小洞里抛到了社长室。金属螺丝打在社长的桌子上发出轻微的响声，接着就掉到地上去了。我看到十五分钟前的自己被响声惊得四处张望。我这才明白刚才的声音正是从这间屋子向社长室扔螺丝发出的。

"这个螺丝是不是也可以认为是无人制造的？十五分钟前的我一会儿会去捡起螺丝，然后进到这里来，再把它扔到社长室去。螺丝在这十五分钟里就一直往返于两间屋子之间。"社长跟我解释。

"没事的，保利君。工作方面怎么样？"十五分钟前神户社长在社长室对我说。这么说，社长当时就已经注意到来自未来的干扰了？

社长很快对我内心的疑惑做出了反应："因为我也预料到了会发生这种事，所以才把螺丝带到这里来的。"社长有点儿得意。

"这会儿明白了吧。"神户社长把小遥控器又对准了时光机。我看到了先前的那道彩虹一样的光芒，又体验到了被挤压的感觉。

"我们回来了。"

兴许是吧，我想。可屋子里依然无恙，只是再往那个通着社长室的小洞张望，也看不到社长室里有人了。刚才的人影全都消失了。我感觉自己好像在偷窥一个幽灵的世界。

"坐到这儿来吧。"听见社长说话，我才回过神来。他给我搬过来一把旧旧的木头折椅，我的脑子还没完全清醒，整个人懵懵的。

我再次坐到社长的对面。这回社长不再说话，他打算耐心地等我冷静下来，向他提问。

"社长为什么……"我才说了一半，社长就很开心地退后了几步，"社长您已经造出了时光机，可为什么还要命令开发一课研发呢？没必要吧。"

社长没料到我会这么问，他长长地叹了口气："我是想，也许他们能造出另一种不同的时光机，那么我兴许就能有所突破。我期望太高，所以反而不好跟他们多说。"他似乎并没有把话讲完。

"突破……事实上我们刚才已经回到了十五分钟以前的过去。我觉得这已经让时光倒流了，您还想突破什么呢？"我问。

"时光倒流……保利君，你觉得时光是什么？"社长反问道。

"我吗？我觉得时光就像一条河，河水总是从上游流到下游，时间也是从过去流向现在，再从现在流向未来，不可能倒转。所以我认为时光机在把人带回过去时，就像是从河中走出来，走回河的上游，再进入河中，这样的一个过程。这个过程在时光机的处理下，使人回到过去。"神户社长边听边点头，可他看上去并不完全同意。

"保利君，你说得不错，不过你的想法基本上就是开发一课的想法，事实上，时间并不像河水那样流动，"神户社长肯定地说，"世界开始之初，就出现了一个叫作时间的独立的波，它既不改变形状也不改变速度，就这样从过去直接通向未来。这个波所在的时间点就代表现在。"

"你是说时间是一个独立的波？"

"是的。"

"可事实上我们刚才都回到过去了啊。十五分钟前的过去。"

"是，我们确实回去了。我们也能去未来，只是有一定限制。一个时间波不是一个瞬间，它从形成到结束，通常是三十八年。波峰的中央就是以现在为中心的前后十九年。在这个范围内时光机就能正常运转，即前后十九个年头。这就是它所存在的时间。这一点是不争的事实。超过这个范围，就没办法了。"

"这就是你想突破的吗？时光机不能去往更远的从前？"

"十九年以前是一片空白，去也没用。一个时光波段过后，一切也跟着消失。"社长稍稍提高了嗓门，大概这就是他所谓的瓶颈。他要求开发一课研究时光机，就是为了突破这个瓶颈。我的直觉告诉我，社长的愿望应该无法实现。

然而，社长为何如此执着于要通过时光机去往更遥远的从前呢？新的疑问又从我心里冒了出来。

"时光的波动会在现在到将来的十九年中发生一

次，所以要想通过时光波来预测未来也最多只能预测到十九年后的事情。我观测过时光波到达的未来世界，它先是只有明暗，然后才出现事物的轮廓，有些淡淡的色彩。这就仿佛置身于天地之初，刚开始很不真实，所有的景物都那么虚幻，过了四五个年头，才会慢慢对周遭有真实的感受。如果我们去到未来，想把属于未来的一些东西带回现在，那最远也只能带回十二三年以后的东西。属于更遥远未来的东西还没完全成像，带回来也没法用。我从艾鲁姆电子开发公司购得的芯片也不过就是在十二年以后。因为我是在窥得未来时才知道自己创立了艾鲁姆公司，那我从把芯片带回来并设立一家艾鲁姆公司也就顺理成章了。十二年以后的产品，我拿回来后也可以使用。"

社长沉默了片刻，又深深地吸了一口气。

"我只会用这种方式来探索时间理论，可我现在的烦恼就是试图通过其他方法去往从前，所以我盼着开发一课的同事们能通过其他途径开发出一种新的时光机。"

"社长想去更遥远的从前，有什么原因吗？"我问。

神户社长用力点了点头："啊……我刚才说烦恼，其实应该是佛教中所说的人生八苦。除了生老病死，还有四种痛苦，其中之一就是爱别离。这种痛苦是因为相爱却不得不别离而生的。为了解决这个痛苦，我想到要发明一种时光机，发明不了，我便又有了求不得之苦。保利君，你喜欢过什么人吗？"

我被社长问得一时不知该如何作答。自己也忘了当时的答案。

"是吗？我喜欢过。我这一生中只喜欢过一个女人。"社长不再看我，他的眼神移向了遥远的过去。他跷起腿，挠了几下后脑勺，"我是十二年前，偶然地造出了这个时光机。之后便着了魔似的沉迷于时光旅行。一开始我的兴趣都在未来世界里。我在那里得知了自己今后的命运，也通过预知的知识掌握了许多赚钱的本领。可后来，我渐渐发现，一个人即使再在自己的将来上耍小聪明也没多大意思。当然，刚开始那会儿我也是很震惊的。因为我看到了许许多多有关未来的信息。只要我把将来会中奖的奖券买回来，我便能到手许多钱。赛马啊股票什么的，都可以。可之后也就不再感到新鲜了。我可以获得许多未来的信息，也能有效地使用它们，但我并不想去改变什么。所以我对今后十几年的世界完全了如指掌，就跟玩游戏作弊一样，没什么了不起的。这些秘密我都可以告诉你，可我保证它们对你根本没有意义。说实话，我对赚钱已经完全失去了兴趣。反正今后十九年我都能好好地活着，只要知道了这些我对自己的将来便不再好奇。所以我后来就完全不做前往未来的时光旅行了。我让时光机带我回到过去。我回到从前去探索至今还保存下来的大自然，寻访历史事件发生的场所。我在过去时光的旅行中，遇见了一个女子，并爱上了她。"

我完全插不上嘴。

"那是一次命运的邂逅。我二十五六岁，在十七年前的光阴之旅中，和她相遇了，那是1965年左右，按实际年龄计算的话，她应该比我年长。可我们相遇时她才刚二十。我对她一见倾心，很快就跟她搭上了话。她对我也颇有好感，渐渐地也爱上了我。你知道我当时有多幸福吗？人们常说命中注定，而我之前完全无法体会。我造出时光机，能通晓未来，并将未来的信息运用到现实世界，我都不想称之为命中注定，直到我与她在不同的时间轴上相遇，双双坠入爱河。以前成千上万的异性打我身边经过，我都不曾动心，甚至视而不见。没想到这一次，在过去的某个时间，一场偶然的遇见却让我如受电击，深深感到了爱情的魅力。从那以后，我一有时间就回到过去，与她见面。我已经迷上她了。她的名字就叫保利真理子。"

我惊得目瞪口呆。

保利真理子。这是在我七岁时就去世的妈妈啊。

"保利真理子……莫不是我的妈妈？"

神户社长重重地点了点头："所以我一直叫你保利君。好可惜真理子走得那么早。我到现在还爱着她。我发誓我说的都是真的。"

"我妈妈一辈子没结过婚，而且我……"

我这才明白了谁是我的父亲，还有妈妈曾跟我提起过艾鲁姆电子开发公司。

"嗯。也许……不，不会错的。保利君你就是我的孩子。我之前一直通过你妈妈和婶婶向你提供经济上的援助，直到你找到工作。"

是的。我上大学时，婶婶就说是"你妈妈的遗产"，让我一直过着衣食无忧的生活。

我现在明白了，包括婶婶让我来报考艾鲁姆电子开发公司也是很早以前就注定的。

虽然从理论上说，现在我面前坐着的这位跟我年纪相差无几的神户社长就是我的父亲，我心里还是没法接受。然而时光机让事情真的变成了这样。

我没法叫神户社长"爸爸"。

"您为什么现在要告诉我这些？如果您不说，我大概一辈子都不会知道，事情也就这么过去了。"

社长轻轻地摇了摇头："昨天是真理子十九周年的忌日吧。"社长换了个话题。他的话让我想起了确有其事。

"真理子活着时，她的每段时光我都去过。即使是时光机最远能到达的她的孩提时期，我也去过。真理子发病时，刚有点病兆时，我就已经提醒她了。可她那个时代的医学还不够发达，以至于我终究没能守住她。一切成空。尽管我掌握着未来的信息，却无法像神仙那样救活她。之前我通过时光机遇见了健健康康的真理子，可现在，一切都不可能了。十九年的时间阻隔，不管我愿不愿意，都将我跟真理子分开了。也许我太懦弱，我不曾通过追溯过去，到真理子临终的病榻前陪伴她。说真的，我不敢。我没法眼睁睁地看着她离开。然而，时间飞逝，这一波的时光即将关闭真理子所在的时空。如果错过了这次机会，我大概永远没法再见到她了。我想也许我应该带上她唯一的孩子，保利君你一同前往。倘若这就是最后的机会，那保利君你当然有权再见真理子——你妈妈一面。事实上，你切实能感受到的过去，最多只有十七年。之后这波时光慢慢退去，你的印象也会越来越淡薄。可这就是你最后能见她的机会了。他们也许已经未必认得我们了。这就是我今天叫你来的原因。为了不让你太吃惊，转了这么一大圈。怎么样？如果你不想去，我就一个人去，去不去你自己决定。"

神户社长又加了一句，说剩下的时间不多了。我只有一次选择的机会。我丝毫没有犹豫："请您带我一起去。"

社长一定是考虑了很久才跟我说这番话的，否则他早就说了。

社长的表情顿时松弛下来："那我们赶紧走。要追溯到十九年以前，我们真的已经没多少时间了。"

神户社长站起身，从书桌上拿起一个小电池，换掉了刚才我们前往过去时用的小遥控器里的电池。"没时间了，就这么去吧，好吗？""我听社长的。"神户社长点点头，走到刚才那台全是线圈的机器前，转动了拨盘。

"是哪家医院？"

"中央会医院。"这名字我绝忘不了。它距离艾鲁姆电子开发公司大约二十公里，是一家综合性医院，周围净是农田。

"我知道那儿。"时光机的中央出现了一个图像，有个类似车载导航图一样的东西和坐标。社长转一下拨盘，坐标的位置就变化一下，他说道："刚才我们不过是把时间往后拨了十五分钟，现在就得要定位了，会稍微费点儿事。"

"还要定位？"

"因为在过去的时空我们都算异类。没法待太久，所以一开始就必须把目的地设置好。"社长不再看图像，说："这应该就是中央会医院了，你看对不对？"图像的中央固定在一个红色的圆形标志上，我从周围的地形判断出它就是我小时候经常跟婶婶去的中央会医院。长大后我只到它附近去过两次，可我对那里的印象特别深，不会记错的。

"是的，就是这儿。"

社长点了点头转动了一下拨盘，换了一个画面。是以中央会医院电脑绘制的建筑物。

"这个五楼，没错吧？"

"也许吧。"我记不清妈妈当时在几楼了。"我不记得了。"我说。

神户社长很有把握，他说："是五楼，5012号病房。"社长已经掌握了妈妈的所有住院资料，他问我不过是走个形式罢了。

我们把那四个连着电线的金属控制板放到屋子的中间，控制板围起的大小刚好容得下两个人。

"好，走吧。我们去真理子，你妈妈那儿。要回到遥远的过去，就必须集中能量，控制板凑近些比较好。走了，政树君。"

我注意到社长这回叫我政树君了。

我按照社长的要求，站在他身边。

"这次我们不是去十五分钟前了，我们要到十九年以前去。所以情况会有很大不同，你得有个心理准备。"我说："好。"神户社长就点了点头，按下了那个小小的四方形装置。

我感到自己又被彩虹的光线包裹了，不过这次的时间有点长。我感觉自己变得轻飘飘的，径直朝一个没有尽头的地方飘去。我的意识就好像被什么东西加强了一样，持续不断地纵深向未知的世界。

我认不出神户社长了，只觉得自己离开了艾鲁姆电子开发的社长办公室以及它里面的屋子。我连自己都认不出了，身子一个劲儿向上攀，从最底层不停地往上。

彩虹的光线和它压在我身上的感觉一起消失了。与此同时我感到一股往下拽的力量，我站在了地面上。我赶紧平衡了一下身体，眼前出现了一条雪白的走廊。

"这是十九年以前，"神户社长站在我旁边，"感觉怎么样？我第一次做长途的时光旅行时也有点头晕。"

原来这种感觉就是时间颠倒所带来的晕眩啊，我心里想着，倒不怎么吃惊了。

"哦，没事。"我答道。

"这是改建前的中央会医院，有印象吗？"

"没，没有。"我朝四下看了看，周围的景物并没有让我想起什么，只是闻到了一股哀伤的气味，同时也是一股熟悉的气味。为什么我会觉得这味道如此哀伤？大概它有关我的经历，它深深地烙印在了我的记忆中。一定是甲酚液体或者消毒水发出的味道。

"是吗？没印象啊。一定是视角有差异。从前的景物……况且你当时才七岁，以你当时的身高看周围的一切应该都觉得很大吧。你蹲下来试试，也许就能想起些什么了。"神户社长说。我倒觉得不完全是这个原因。

一个护士从我身边走了过去。我知道这已经完全超出了我的记忆。护士没有发现我们，径直走了，她的手臂没有颜色，只是一层淡淡的阴影。因为原先只记得自己走在白色走廊里，所以并没感到奇怪。而现在碰到一个与我们擦肩而过的护士，我才恍然大悟，这里是时间的尽头，周围只有黑白两种颜色。

我想起了社长说过的话。

时间只存在于涌起的时间波中，而这里正是时间波即将消亡的地方。在这里万物都失去了颜色，这波时间也正在逝去，过去的时光马上就要一去不返了。而我们现在就跟站在退潮的沙滩上一样。

"那就是5012号病房。没事。他们都看不见我们。"我跟神户社长一起走进走廊，经过护士台。"拐过去就是病房了，我们还能赶上。"社长看了一眼护士台的挂钟说。现在是早上六点二十分，我听说妈妈是在六点半去世的。

我们拐了弯。一个快要哭出来的少年正独自坐在病房前的走廊上。我马上停下了脚步。他就是我啊，那个我伤心极了，不知所措，只能坐在走廊上祈求上天快些治好我最亲爱的妈妈。我实在不忍心看到最爱的妈妈在床上忍受痛苦的煎熬。

那个我，那个幼小的我，现在就在我的面前。一想到这里我就有一种冲动，想要上去抱抱那个孩子。可我能做些什么呢？站在时间的尽头我什么也做不了。我拼命按捺住想上前抱住年幼自己的冲动。

"对不起啊。"我听见社长小声地说。我不知道他是对我，还是在对幼时的我说。

病房的门开了，年轻时的婶婶走了出来。她接下来要说的话，我早已知道。

"小政树，你妈妈她……"年幼的我腾地跳了起来，跑进病房，我和神户社长也跟了进去。

医生和护士还在抢救，妈妈也还躺在床上。妈妈好年轻，她正在跟病魔搏斗。

我曾在妈妈的怀中入睡，听妈妈给我念书。妈妈她……

我的眼泪夺眶而出，泪水顺着脸颊滚滚滑落。周围全是黑白的。我只好呆呆地站着。我偷眼看了一下社长，他也一样。他，我父亲也流泪了。年幼的我不停地喊着妈妈。

所有的景物、病房、年幼的我、婶婶的轮廓都渐渐消失了，还有妈妈也随着时间波正在消逝。

没有人注意到我们的存在。

医生给妈妈做了几次心脏按压，当电机压在妈妈胸前，发出闷闷的声音，妈妈的身体弹了起来。

"别做了，不要做了，"年幼的我拼命喊着，"妈妈你快睁开眼睛啊。"

我看到妈妈听见年幼的我的呼唤，奇迹般地微微睁开眼睛，她先看了一眼年幼的我，又看了一眼我和社长。

神户社长动了动那个小小的装置。一切都停止了，妈妈就这样定定地看着我，然而周围的世界从黑白变为深棕色。

"真理子，政树君已经长大了，你放心吧，"神户社长清清楚楚地说，"真理子，我永远爱你。"

这时周围的光线都是原色的，年幼的我也惊讶地瞥了我们一眼。一定是社长在时光机上动了手脚，叫我们都发出了光。在这个一切都像旧照片一样，变成了深棕色的世界里，社长就想对妈妈说这句话啊。

周围很快又恢复成了黑白色，妈妈的嘴动了几下，按照口型我看到她在叫社长的名字。

一切都消失了。几分钟后我跟社长呆呆地站在了一无所有的虚空中。这就是时间波消失后的世界吧。过去的时光不见了，妈妈也不见了，十九年前的一切都不见了。剩下的只有虚无。社长还在流泪，社长再也见不到我妈妈了。时间波流走了。

"神户社长，我有件事想问您。"

"哦，什么事？"

"一课同事可以通过其他理论发明出时光机吗？"

"我不知道，"神户社长凄然地答道，"只有这件事我始终不敢去偷看，因为我还想留一些期待在未来的时光里。"社长凄楚地笑着，看了我一眼，又继续说："回去后，我想把这个时光机拨回十二年以前，我造出它那一年，我再也不想用它了。"说着，他对我说了声"走吧"，便按下了小小的四方形装置的按钮。

我这时才意识到，这个时光机的发明者也不在时光波中，同时我也明白了神户社长对有人通过其他理论去再造一个时光机这件事也不抱希望。

彩虹的光线笼罩在了我们的身上。